KB076128

걸었던
　　자리마다
　　　　　별이
　　　　빛나다

창비시선
300
기념시선집

걸었던
자리마다
별이
빛나다

박형준 이장욱 엮음

창비

| 김수영 |

해금을 켜는 늙은 악사

그의 손가락이 현 위에서 춤을 추자
한때 서늘한 기운을 뿜어내던
주름진 미간이 떨린다
두 줄 현 위에서 길을 잃은 것은 아닌지
죄었다 풀며 현 위를 구르는 소리가
그를 이 세상 밖으로 밀어낸 건 아닌지
그가 빠졌던 숱한 구렁
그 굽이에서 건져올리는 저 질긴 소리

굿판에 서지 않으면 온몸이 시름인
저 늙은 년의 굿에는 마른천둥이라도 불러야지
숨가쁜 북장단에 무당은
시퍼런 양날 작두 위에 서고
그는 한치 제겨디딜 데 없는
두 줄 현 위에 서서 먼 곳을 본다

| 정철훈 |

저물녘 논두렁

하루도 이틀도 심심한 비가 내리네
장성 갈재를 넘어서면
갈맷빛 무등산 아래
고물거리는 사람들
순한 얼굴에 웬 슬픔은 일렁여
지난밤에 모두 안녕하신가
깊은 속내는 가슴에 묻은 채
꽁초를 빨고 소주를 들이켜고
실없이 코를 벌름이는가
오늘 넋두리 같은 가랑비는
울어도 울어도 가난했던 농촌을 적셔
온통 고향 생각뿐
용케 빗줄기가 굵구나
저물녘 논두렁을 지나면
무엇이 세상을 견디는지
지금은 돌아간 사람처럼
풀잎 하나에도 머뭇머뭇
하루도 이틀도 심심한 비가 내리네

모르고 모르고

해초를 다듬으며 조개를 까며 아이들은 찬송가를 부른다 이모님 다섯 분이다 지금은 발전소가 멀리 보이는 해변에 앉아, 그때 아이인 이모님들은 발전소가 사십년 뒤에 들어서는 것도 모르고 찬송가를 부른다

조갑지마다 굴이 돋아드는 아린 빛에 짚여 큰이모님인 아이는 자꾸 길을 나서고 싶다 큰이모님은 나중에 정종 기술자에게 시집을 가서 애 다섯을 낳는다 정종 기술자는 큰이모님을 버리고 바다에 술을 푸러 나갔다

과부가 찬송가를 부른다 조개를 까며 해초를 다듬으며 돌아오지 않는 바다빛에 잡혀 큰이모님은 길을 나선다 바닷길에 가서는 돌아오지 않는다 훗날 정종 기술자에게 시집을 간 그 아이가 정말 내 큰이모님이었는지 물결이 기우뚱하는 것도 모르고 아이인 네 분 이모님은 찬송가만 부르신다

다섯 아이들 모두 자망자망 꿈으로 들어가고 찬송가만 그 바

10

다에 남아 그 바다에 가면 들려오지요 그 바다에 가면 들려오
지요

| 장석남 |

수묵(水墨) 정원 1

강(江)

먼 길을 가기 위해
길을 나섰다
강가에 이르렀다
강을 건널 수가 없었다
버드나무 곁에서 살았다
겨울이 되자 물이 얼었다
언 물을 건너갔다
다 건너자 물이 녹았다
되돌아보니 찬란한 햇빛 속에
두고 온 것이 있었다
그렇게 하지 말았어야 했다
다시 버드나무 곁에서 살았다

아이가 벌써 둘이라고 했다

| 나희덕 |
너무 늦게 그에게 놀러 간다

우리집에 놀러 와. 목련 그늘이 좋아.
꽃 지기 전에 놀러 와.
봄날 나지막한 목소리로 전화하던 그에게
나는 끝내 놀러 가지 못했다.

해 저문 겨울날
너무 늦게 그에게 놀러 간다.

나 왔어.
문을 열고 들어서면
그는 못 들은 척 나오지 않고
이봐. 어서 나와.
목련이 피려면 아직 멀었잖아.
짐짓 큰소리까지 치면서 문을 두드리면
조등(弔燈) 하나
꽃이 질 듯 꽃이 질 듯
흔들리고, 그 불빛 아래서

너무 늦게 놀러 온 이들끼리 술잔을 기울이겠지.
밤새 목련 지는 소리 듣고 있겠지.

너무 늦게 그에게 놀러 간다,
그가 너무 일찍 피워올린 목련 그늘 아래로.

| 이중기 |

참 환한 세상

파꽃 한번 오지게 둥둥둥 피어난다
거두절미하고 힘찬 사내의 거시기 같다

단돈 만원도 안되는 원수 같은 것들이
탱탱하게 치솟는 풍경을 흘겨보던
등 굽은 늙은이 입술 묘하게 비튼다
빗장거리로 달려들어 북소리 물고
둥둥둥둥, 북소리 물고 달려가는
저 수여리들의 환호작약에
늙은이는 왈칵, 그리움도 치살려본다

내 아직 펼칠 뜻 없는 건 아니리
시간이 마음을 압도하는 벼룻길일지라도
북소리로 팽팽하게 펼쳐 보일 수 있으리
화살 되어 궁궁궁궁 달려갈 수 있으리

연꽃이 게워내는 법구경보다

참 노골적으로
욕망의 수사를 생략하며
무궁무궁 피어나는 파꽃의 절경에 젖은 늙은이
젖 한통 오지게 빨고 웃는 아이 같은
저 늙은이 파안
저승꽃 만발한 서러운 절창!

세상 참 환하다

| 정희성 |

술꾼

겨울에도 핫옷 한벌 없이
산동네 사는 막노동꾼 이씨
하루 벌어 하루 먹는다지만
식솔이 없어 홀가분하단다
술에 취해 이집 저집 기웃거리며
낯선 사람 만나도 알은체하고
남의 술상 앞에서 입맛 다신다
술 먹을 돈 있으면 옷이나 사 입지
그게 무슨 꼴이냐고 혀를 차면
빨래해줄 사람도 없는 판에
속소캐나 놓으면 그만이지
겉소캐가 다 뭐냐고 웃어넘긴다

익숙해진다는 것

오래된 내 바지는 내 엉덩이를 잘 알고 있다
오래된 내 칫솔은 내 입안을 잘 알고 있다
오래된 내 구두는 내 발가락을 잘 알고 있다
오래된 내 빗은 내 머리카락을 잘 알고 있다

오래된 귀갓길은 내 발자국 소리를 잘 알고 있다
오래된 아내는 내 숨소리를 잘 알고 있다

그렇게 오래된 것들 속에 나는 나를 맡기고 산다

바지도 칫솔도 구두도 빗도 익숙해지다 바꾼다
발자국 소리도 숨소리도 익숙해지다 멈춘다

그렇게 바꾸고 멈추는 것들 속에 나는 나를 맡기고 산다.

| 박영희 |

아이러니

저리도 많고 많은 노래 중에 왜 하필이면 가련다 떠나련다란
말인가 어쩌자고 아버지는 못살아도 좋고 외로워도 좋단 말인가

아버지는 노래를 좋아하셨다 농사꾼이 농사나 지을 일이지 나
락 내는 날 아버지는 떡하니 손잡이 달린 축음기를 사들고 오셨
다 동네에서 두 대뿐인 라디오도 이젠 양이 차지 않으셨던 모양
이다 그 덕에 알게 된 코맹맹이 이난영, 가슴 쥐어짜는 나애심,
비에 젖은 고운봉…… 정말이지 아버지는 엉뚱한 양반이었다
라디오도 양에 차지 않아 축음기더니 이번엔 민비가 그립다며
흑백 텔레비였다 농사일에 고단할 텐데도 아버지는 민비에 꽃
피는 팔도강산에 주말의 명화나 명화극장까지 보약 챙겨 드시
듯 꼭꼭 챙겨 보셨다 입도 맞추고 허리도 껴안고 아이 러브 유도
뱀 허물 벗듯 속삭여대는 낭만적인 그 이국영화를 말이다

그런 아버지가 어쩌자고 노래의 '노'자도 모르는 어머니를 만
났을까 목포의 눈물은 고사하고 텔레비만 켰다 하면 오분 이내
에 잠들어버리는 어머니를

눈물어린 보따리에 젖어든 황혼빛 탓이런가

| 최정례 |

3분 동안

3분 동안 못할 일이 뭐야
기습 결혼을 하고
아이를 낳을 수 있지
다리가 끊어지고
백화점이 무너지고
한 나라를 이룰 수도 있지

그런데
이봐
먼지 낀 베란다에 널린
양말들, 바지와 잠바들
접힌 채 말라가는
수치와 망각들
뭐하는 거야

저것 봐
날아가는 돌
겨드랑이에서

재빨리 펼쳐드는 날개를

저 날개 접히기 전에
어서 결혼을 하고
아이를 낳아야지
도장을 찍고
악수를 청하고
한 나라를 이루어야지

비행기가 떨어지고
강물이 갇히기 전에
식탁 위에 모래가 켜로 앉기 전에
찬장 밑에 잠든 바퀴벌레도 깨워야지
서둘러 겨드랑이에
새파란 날개를 달아야지

| 이면우 |

저녁길

치켜든 외국인 노동자의 손바닥은 묵은 쌀빛, 가락이 길어 슬퍼 보이는 손을 본다 지금 난 그의 말을 쉽게 알아듣지 못한다 다만 눈치챌 수 있다 진눈깨비 희끗한 이 저녁, 한 사내가 다른 사내에게 온몸으로 묻고 있는 그것은 환하고 따듯한 방으로 뻗은 길, 아마 그런 것일 게다 내 진작 찾지 못하여 이슥토록 헤매던 길

사랑하는 이들에게로 뻗은 저녁길엔 지름길이 없다,라고
멀어져가는 그의 등에 또박또박 쓴다
진눈깨비와 어둠에 녹아 안 보일 때까지

| 고형렬 |

맹인안내견과 함께

종로3가역에서, 1998

나 이 세상에 다시 태어난다면
저 맹인안내견으로 한생 살다가
죽어서
그다음엔
다시 이 세상에 안 와졌으면
했다

주인을 끌고 다니느라 지쳐
다리가 아파
전철 바닥에 엎드려 있는
나를 쳐다보다 그만 외면하고 마는
선하디선한 맹인안내견

넓은 가죽끈을 가슴에 걸고
나는 어느 세월
말 못하는 누군가의 심복이 되어
한생 살다가

다시는
이 세상이 미워서도 싫어서도 아닌데
돌아오고 싶지 않다

모르는 어느 나라 도시 한쪽에서
다른 맹인안내견과
같이
주인을 데리고 가든가
저렇게 지쳐 바닥에 엎드려 있으면
난 후회가 없으리

그래서 어느날은 전철이
나와 주인을
쉬면서 가라고
이렇게 실어다주기도 할 것이다
그것도 미끄러지듯 가는
환히 불 켠 지하에서

인사동

인사동에 가면 오랜 친구가 있더라
얼마 만인가
성만 불러도
이름만 불러도 반갑더라
무슨 잔치같이 날마다 차일을 치겠는가
무슨 잔치같이
팔목에
으리으리한 팔찌 끼고 오겠는가
빈손이
오로지 빈손을 잡고
그냥 좋기만 하더라

험한 세상 피멍 들며 살아왔다
조금은 잘못 살았다
너는 내달리기만 하였고
나는 풀잎 하나에도 무정하였다
인사동에 오면

그런 날들 가슴에 묻어
고향 같은 골목들 그냥 좋기만 하더라

어찌 15년 20년 친구뿐이겠는가
인사동에 오면
추운 날 하얀 입김 서러워
모르는 얼굴들
어느새 정다운 얼굴이더라

인사동에 가면
한잔 술 주고받을
친구가 있더라
서로 나눌 지난날이 있더라
얼마 만인가
얼마 만인가
밤 이슥히 손 흔들어
헤어질 친구가 있더라

오늘밤은 아직 내일이 아니더라
성만 불러도
이름만 불러도
반가운 친구가 있더라
인사동에 가면

| 김용택 |
맨발

가을비 그친 강물이 곱다

잎이 다 진 강가 나무 아래로 다희가 책가방 메고 혼자 집에
가는데, 그 많은 서울 사람들을 다 지우고 문재는, 양말을 벗어
옆에다 두고 인수봉을 바라보며 혼자 술 먹는단다.

이 가을 저물 무렵,
다희도, 나도, 나무도, 문재도 고요한 혼자다

| 이은봉 |

씨 뿌리는 사람
J·J·H

제 가슴의 울창한 숲 그늘
사람들에게 다 나눠주고
살진 암소가 끄는 쟁깃날 대어
오래도록 밭 일구는 사람!

돌멩이며 나무뿌리며 골라내다보면, 지치기도 하지 퇴비며 인분이며 집어넣다보면, 피곤도 하고…… 땀 흘린 만큼 밭두둑 옆댕이 옹달샘이라도 퐁퐁퐁 솟아나면 좋으련만, 눈물 흘린 만큼 산비탈에라도 걸터앉아 막걸리 한잔 쭈욱 들이켜면 좋으련만!

발목 자꾸 어루만지는 흙더미
고르고 골라 이랑을 만들고
오직 정성스러운 마음 하나로
오래도록 여기 씨 뿌리는 사람!

| 박형준 |

저곳

공중(空中)이란 말
참 좋지요
중심이 비어서
새들이
꽉 찬
저곳

그대와
그 안에서
방을 들이고
아이를 낳고
냄새를 피웠으면

공중이라는
말

뼛속이 비어서

하늘 끝까지
날아가는
새떼

| 강신애 |
대칭이 나를 안심시킨다

어머니의 방과
나의 방은
쌀이랑 과일이랑* 가게를 중심으로 대칭이다

어머니는
뚱뚱한 몸을 뒤뚱거리며
딸의 불안을 감시하러 들락거리시고

나는
껍데기뿐인 생을 공글려
어머니의 불안을 보살피러 들락거린다

화투로 하루의 운을 떼보는 모(母)와
신문 '오늘의 운세'를 읽는 녀(女)

발이 상처나면 쉽게 썩어버리는 당뇨인데
예쁜 구두만 고집하는 모와

거꾸로 매달려 살아도
뾰족구두만 고집하는 너

쌀이랑 과일이랑 가게에서 대칭인 무료함
쌀이랑 과일이랑 가게에서 대칭인 공범자
쌀이랑 과일이랑 가게에서 대칭인 일몰의 자화상

너무 사랑하여
천세불변(千歲不變), 타클라마칸 사막의 모래알 같은
판박이의 경지

듬성듬성 상처난 어머니의 자궁과
잉태를 꿈꾸는 나의 자궁도 대칭이다

* 가게 이름.

| 박성우 |

굴비

노인은 눈을 감지 않고 있었다

편지함에서 떨어진 우편물처럼
마당 바깥쪽에 낮게 엎드린 노인은
왼팔의 극히 일부만을
파란 대문 안쪽에 들여놓은 채 싸늘하게 굳어져 있었다
노인의 오른팔에 쥐어진 검정봉지엔
비틀비틀 따라왔을 술병이 숨막힌 머리를 겨우 쳐들었다

처마 밑에는 누군가 보내준 굴비 한두름이
대문 틈 사이로 밀려지던 손가락을 지켜본 듯
놀란 입을 다물지 못하고 있었다

각지에서 내려온 핏줄들이 술렁이는 동안
노인은 마당 밖에서 하룻밤을 더 보내야 했다
집밖에서 일어난 일이라 저희도 어쩔 수 없어요
노인 옆에 있던 무전기가 반복해서 말했다

부검된 노인이 방 안으로 옮겨지기 전부터
흑백사진 앞에 나란히 뉘어지던 굴비는
뜬눈으로 조문객을 기다리고 있었다

잔치 내내 생볏짚을 먹어야 했던 암소가
트럭에 실려나간 뒤 대문이 닫혀졌고 노인처럼
헛간으로 아무렇게나 버려지던 태우다 만 목발 하나,
밤마다 절름절름 빈 마당을 돌았다

조기는 굴비가 되어도 눈을 감지 못한다
석쇠에서조차 눈을 치켜뜨고
세상 조여오던 그물을 온몸으로 기억해낸다

| 강형철 |
겨우 존재하는 것들 3

산 아래 모든 집들이
가슴 앞에 불 하나씩
단정하게 달고 있습니다

앓아누운 노모가
자식의 손에
자신의 엷은 체온을 얹듯
세상의 어둠 위에
불들은
자신의 몸을 포갭니다

땀보다도
그림자보다도 긴
흔적들
짚불보다 더 뜨겁습니다

불빛 너머

손금처럼 쥐고 그댈 그리워하던
내 마음도
창호지 밖 그림자로 어룽입니다.

| 박영근 |

어머니

흰 꽃가루가 작업장에 들어와 뿌연 석면가루 속을 떠돌던
봄날에
기진한 몸으로 어머니 자취방을 찾아오시고

쪽가겟방 노름판이 흔하던 큰형님집 술어미 노릇에
지쳐 몇해 뜨내기 밥집 골목 누님네도 지나
나를 찾아 희미하게 웃더니

번지도 없는 고향집에 내려가 한칸 바람벽이 되었다
이주일여 농성 천막을 나와
새벽길로 방문을 열었을 때
내 작업복 어깨를 짚고 간신히 버티다
허물어지던, 텅 빈
방

믿었던 것들의 깊은 허공을 빠져나와
알지 못할 길을 쓸며 눈발은 날리고

공장엔 굳게 닫힌 철대문과
서로 사슬을 지은 채 얼고 있는
붉은 스프레이의 글씨들
나는 닫힌 공장문 앞을 서성대는데
눈발이 번지는 환영(幻影) 속으로
사거리 모퉁이를 돌아 어머니 오신다

버스정류장을 지나 담벽에 몸을 기대고
한번 쉬고
길을 묻다
또 한번 쉬고
천막 농성장 근처 전봇대에서
거친 숨을 고르다
애써 혼잣말을 더듬고 있는

| 손택수 |

방어진 해녀

방어진 몽돌밭에 앉아
술안주로 멍게를 청했더니
파도가 어루만진 몽돌처럼 둥실둥실한 아낙 하나
바다를 향해 손나팔을 분다
(멍기 있나, 멍기 —)
한여름 원두막에서 참외밭을 향해 소리라도 치듯
갯내음 물씬한 사투리가
휘둥그레진 시선을 끌고 물능선을 넘어가는데
저렇게 소리만 치면 멍게가 스스로 알아듣고
찾아오기라도 한다는 말인가
하마터면 실성한 여잔가 했더니
파도소리 그저 심드렁
갈매기 울음도 다만 무덤덤
그 사투리 저 혼자 자맥질하다 잠잠해진 바다
속에서 무엇인가 불쑥 솟구쳐올랐다
하아, 하아 — 파도를 끌고
손 흔들며 숨차게 헤엄쳐 나오는 해녀,

내 놀란 눈엔 글쎄 물속에서 방금 나온 그 해녀
실팍한 엉덩이며 볼록한 가슴이 갓 따올린
멍게로 보이더니
아니 멍기로만 보이더니
한잔 술에 미친 척 나도 문득 즉석에서
멍기 있나, 멍기— 수평선 너머를 향해
가슴에 멍이 든 이름 하나 소리쳐 불러보고 싶었다

| 임영조 |
성선설

장기 복역하다 칠순 넘겨 출옥한
피부가 청년처럼 잔주름 하나 없이 깨끗한
어느 기이한 노인에게 목사 시인이* 물었다
헌데 비결은 아주 간단한 '건포마찰'
대답은 짧지만 사연은 너무 긴 것이었다

감방에서 몇십년을 하루도 안 거르고
자고 새면 손끝에서 발끝까지 전신을
마른 수건으로 문질러 닦았다는 것이다
그러니까 노인은 건강비결을 설하려다가
개과천선을 들켜버린 셈이다
목사 시인은 장수비결을 설하려다가
성악설을 흘려버린 셈이다

노인의 유일한 방주는 수건이다
마른 수건 한 장에 여생을 걸고
인간의 탈을 벗고 싶었을 게다

생의 지우개로 과거를 지우고
새사람이 되고 싶었을 게다
마른 수건 한 장으로 사포질하듯
마음속 때도 오래 문질렀을 것이다

묵은 마늘이나 양파 껍질도
눈물깨나 흘리며 까고 벗겨야
참 매끄럽고 말간 속살이 드러난다
사람의 속내도 그와 같아서
마음 안팎 허물부터 벗겨야 한다
닦을수록 본성이 착하고 예쁜 축생은
사람이라고 설하다 간 사람 누구였더라?

* 고진하 시인. 여러해 전 강릉 해변 문학행사에 갔다가 고시인을 처음
만나 담소를 나누던 중에 얻어들은 이야기를 소재로 재구성해본 것
이다.

| 하종오 |

오줌

제철에 손수 뿌리고 거둬 밥상 차리던 어머니가
밤이면 지쳐 방 안 윗목에서 오줌 누시면
두멍에 우물물 길어다 붓는 물소리로 들렸다 그러면
나도 마려워 부자지 움켜쥐고 이불 속에서 나왔다

아침마다 잿더미에 요강 쏟아붓던 어머니는
봄이면 재 져다 뿌리고 두둑 골라 도라지 심고
꽃 필 땐 날 데려가선 고랑에서 오줌 누시었다
그 소리 들으며 둘러보면 어머니 오줌 방울방울이
보랏빛 꽃 송이송이로 피어올랐고,

그러구러 도시로 나온 나는 쌀과 고기반찬 사 먹었지만
오밤중에 마려우면 뜰에다 오줌 누곤 했다 그래도
창문을 두드리는 빗소리로도 들리지 않는지
어린 자식은 부자지 움켜쥐고 따라나오지 않았다

무심코 오줌 눠대던 자리 어느날 문득 바라보니

언제 왔는지도 모르게 와서 자라나 있던 도라지 하나
꽃대에 점점이 떨어진 내 오줌 방울방울은
허연 버캐 송이송이로 맺혀 있었다
잎사귀는 말라 배배 틀리며 죽어가고 있었고,

| 최영철 |

성탄전야

맛난 것 먹고 빵빵해진 일가족 오색 풍선 따라
땡그랑땡그랑 배고프다 노래하는 자선냄비 따라
행복 몇스푼 눈발로 내리고 있었대요
더운 국물이나 마셔두려는 가난한 식탁에
저 멀리 하늘에서 뭉텅뭉텅 수제비 알로 오시다가
하얀 쌀 소록소록 눈발로 오시다가
그만 내려앉을 곳 잃고
성탄 폭죽 선물꾸러미 어깨 위로 내리고 있었대요
하얀 쌀 수제비 빈 장독에 닿기를 기다리다
네살 두살 아이 재워두고 엄마는 술집 나가고
아빠는 인형 뽑으러 가셨대요
인형 다 뽑으면 시름 다 가고 꿈같은 새날 온다며
아이들 깰까봐 살금살금 문 잠그고 가셨대요
꿈결 아이들 구름 타고 다니며
하얀 쌀 수제비 받아 붕어빵 빚고 산새로 날리고
불살라 언 손발 쬐며 다 녹여버리고
엄마 아빠 오시면 야단맞을까봐

그 불길 따라 하늘로 하늘로 올라갔었대요
소방차 오고 아빠는 눈이 커다란
눈사람 인형 한아름 뽑아오셨대요
아이들 훨훨 날개를 단 줄 모르고
엄마는 실비주점 더러워진 접시를 닦으며
유행가 한자락 흥얼거리고 있었대요

동해

내 여자는 동해 푸른 물과 산다
탁류와 해초들이 간간이 모여
이룩하는 근해의 평화를 꿈꾸지 않는다
저녁마다 아름다운 생식기를 씻어 몸에 담고
한층 어렵게 밝아오는 먼 수평까지 헤엄쳐 나가
아침이면 내 여자는 새 바다를 낳는다
살을 덜어 나의 아들을 낳는다
내가 이 세상의 홀몸 이기지 못해
천리 먼 길 절뚝여 찾아가면
철책 너머 투명한 슬픔의 알몸을 흐느끼며
문득 캄캄한 밤바다 되어 말 못하게 한다
다시는 여기 살러 오지 말라 한다

사랑, 그것

칠순의 어머니는 자식과 손주를 위해 아직도 매일 밥상을 차
리신다

딸아이가 어느날 내게 명령했다
이제부터 매일 머리를 감겨달라고, 늙어 죽을 때까지
아이의 머리카락이 내 온몸을 꽁꽁 휘감았다

그는 나를 늦도록 잠 못 들게 하고
나의 머릿속 뭉게뭉게 먹장구름을 불러모으고 마침내
그 없는 나의 외로움의 짚을 데 없는 공중!

한데
도무지
뿌리칠 수가 없는
너, 너의
착취

| 김선우 |

나생이

나생이는 냉이의 내 고향 사투리
울 엄마도 할머니도 순이도 나도
나생이꽃 피어 쇠기 전에
철따라 다른 풀잎 보내주시는 들녘에
늦지 않게 나가보려고 조바심 낸 적이 있다
아지랑이 피는 구릉에 앉아 따스한 소피를 본 적이 있다

울 엄마도 할머니도 순이도 나도
그 자그맣고 매촘하니 싸아한 것을 나생이라 불렀는데
그때의 그 '나새이'는 도대체 적어볼 수가 없다

흙살 속에 오롯하니 흰 뿌리 드리우듯
아래로 스며드는 발음인 '나'를
다치지 않게 살짝만 당겨올리면서
햇살을 조물락거리듯
공기 속에 알주머니를 달아주듯
'이'를 궁글려 '새'를 건너가게 하는

그 '나새이',

허공에 난 새들의 길목

울 엄마와 할머니와 순이와 내가

봄 들녘에 쪼그려앉아 두 귀를 모으고 듣던

그 자그마하니 수런수런 깃 치는 연둣빛 소리를

그 짜릿한 요기(尿氣)를

| 이시영 |
최명희 씨를 생각함

　최명희 씨를 생각하면 작가의 어떤 근원적인 고독감 같은 것이 느껴진다. 1993년 여름이었을 것이다. 중국 연길 서시장을 구경하고 있다가 중국인 옷으로 변장하고 커다란 취재노트를 든 최명희 씨를 우연히 만났다. 『혼불』의 주인공의 행로를 따라 이제 막 거기까지 왔는데 며칠 후엔 심양으로 들어갈 것이라고 했다. 그리고 웃으면서 연길 사람들이 한국인이라고 너무 바가지를 씌우는 바람에 그런 옷을 입었노라고 했다. 그날 저녁 김학철 선생 댁엘 들르기로 되어 있어 같이 갔는데 깐깐한 선생께서 모르는 사람을 데려왔다고 어찌나 통박을 주던지 민망해한 적이 있다. 그후 서울에서 한번 더 만났다. 한길사가 있던 신사동 어느 까페였는데 고정희와 함께 셋이서 이슥토록 맥주를 마신 것 같다. 밤이 늦어 방향이 같은 그와 함께 택시를 탔을 때였다. 도곡동 아파트가 가까워지자 그가 갑자기 내 손을 잡고 울먹였다. "이형, 요즈음 내가 한달에 얼마로 사는지 알아? 삼만원이야, 삼만원…… 동생들이 도와주겠다고 하는데 모두 거절했어. 내가 얼마나 힘든지 알어?" 고향친구랍시고 겨우 내 손을 잡고 통곡하는 그를 달래느라 나는 그날 치른 학생들의 기말고사 시험지를 몽땅 잃어버렸다. 그리고 그날밤 홀로 돌아오면서 생각했다. 그가 얼마나 하기 힘든 얘기를 내게 했는지를. 그러자 그만 내 가슴도 마구 미어지기 시작했다. 나는 속으로 가만히 생각했다. 『혼불』은 말하자면 그 하기 힘든 얘기의 긴 부분일 것이라고.

| 장대송 |
벙어리 할배

황재형 화백을 따라갔던 무건리(無巾里), 이른 봄날 잔설을 밟
으며 다시 찾다

아홉 채의 빈집을 돌며 겨울을 난 벙어리 할배의 얼굴에 묻은
침묵이 깊다

폐교되어 습지로 변한 초달분교장에는 할배를 놀리던 아이들
의 웃음소리가 남아 있다

비탈에 붙은 집들이 녹슨 그네에 매달려 있다

할배를 놀리는 소리에 흘러내리고 있다

저 소리들은 땅이 풀려야 도회지로 간 아이들에게 갈 것이다

벙어리 할배를 보면 알 수 있다, 내 속에서 심란해하는 것들만
번뇌가 아니라 아이들의 웃음소리마저 번뇌라는 것을.

| 박규리 |
산그늘

먼산바라기만 하던 스님도
바람난 강아지며 늙은 산고양이도
달포째 돌아오지 않는다
자기 누울 묏자리밖에 모르는 늙은 보살 따라
죄 없는 돌소나무밭 돌멩이를 일궜다
문득,
호미 끝에 찍히는 얼굴들
절집 생활 몇년이면 나도
그만 이 산그늘에 마음 부릴 만도 하건만,
속세 떠난 절 있기나 한가
미움도 고이면 맛난 정이 든다더니
결코 용서할 수 없을 것만 같은 사람들이
하필 그리워져서
눈물 찔끔 떨구는 참 맑은 겨울날

| 윤재철 |
홍대 앞 풍경

홍대 앞
까페와 여관 사이 골목길
주차해둔 차들과 쓰레기봉투와
누군가 간밤에 토해놓은 오물
그런 사이에서
개 두 마리가 붙었다

어느 집에서 새어나왔을까
애완견 잡종 두 마리
키가 층이 지는 두 마리가 힘겹게
뒤로 붙어서서
불안하게 눈을 굴리는데

아무래도 햇빛이 너무 환해
그 생식이 너무 낯설어
우리는 누가 누구에게 빚진 것인가
나의 남루는 너의 살에 빚지고

너의 살은 또 무엇에 빚진 것인가

슬그머니 골목길을 빠져나오며
문득 허기가 져
곱빼기 짜장면이 먹고 싶었다

| 김영산 |

벽화 2

내가 날마다 바라본 거대한 벽
건너 아파트는 조등(弔燈)을 내다 걸기도 하고
지하 상가(喪家) 밤새 고체연료가 지펴지고
새벽녘 곤돌라에 실린 관이 내려지기도 한다
그리고 아파트는 저녁이면
동굴 벽화처럼 그림자들 어른댄다
창문 얼굴 없는 그림자들
벽이 그린 그림이 그림자들이겠고
어느 방 부엌마다
어슷 썬 불빛이 일렁인다
나는 어쩌다 밤낮이 바뀌었는지
벽이 날마다 그리고 지우는 그림을 본다
벽이 그린 그림이 사람들 초상(肖像)만 아니겠고
누가 떠나보내고, 누가 간단 말인가
나는 분명 모른다 아슬한 고층아파트
나는 이미 벽에 갇혀 지냈다

58

| 최창균 |
자작나무 여자

그의 슬픔이 걷는다
슬픔이 아주 긴 종아리의 그,
먼 계곡에서 물 길어올리는지
저물녘 자작나무숲
더욱더 하얘진 종아리 걸어가고 걸어온다
그가 인 물동이 찔끔,
저 엎질러지는 생각이 자욱 종아리 적신다
웃자라는 생각을 다 걷지 못하는
종아리의 슬픔이 너무나 눈부실 때
그도 검은 땅 털썩 주저앉고 싶었을 게다
생의 횃대에 아주 오르고 싶었을 게다
참았던 숲살이 벗어나기 위해
또는 흰 새가 나는 달빛의 길을 걸어는 보려
하얀 침묵의 껍질 한꺼풀씩 벗기는,
그도 누군가에게 기대어보듯 종아리 올려놓은 밤
거기 외려 잠들지 못하는 어둠
그의 종아리께 환하게 먹기름으로 탄다

그래, 그래
백년 자작나무숲에 살자
백년 자작나무숲에 살자
종아리가 슬픈 여자,
그 흰 종아리의 슬픔이 다시 길게 걷는다

낯선 동행

오년 뒤엔 뭐 하고 있을 거냐고 그가 물었다. 산동네 오르는 비탈길 껑충한 그의 그림자 달빛에 정처없는 듯, 바람 같은 생이 기약없이 떠도는 사이 여자가 시집이라도 가버리면 어쩌나. 그래서 오년 뒤 불쑥 아이 엄마라도 되어 있으면 어쩌나. 그 물음의 쓸쓸한 의도를 알아차려 문득 슬픈 나는 오년 뒤 서른다섯.

요꼬공장을 지나 낮은 지붕들이 휙휙 스쳐가고, 담배연기 자욱한 골목길을 돌아나오도록 나는 그의 그림자를 따라잡기에 숨이 찼다. 도바리치던 날들의 긴장이 그의 삶을 집중시켰고 그래서 더욱 팽팽해진 그의 걸음은 종종 나를 소외시켰지만. 쇳가루 서걱이는 그의 삶 속에서 나는 영원히 낯선 사람이었는지 모른다.

솜틀집, 담뱃가게, 달맞이꽃 핀 돌담, 달빛 아래 휘이청 기울어진 한세상을 돌아 다시 어깨를 마주하는 낮은 지붕들. 그를 숨겨주었다던 루핑지붕 두 칸짜리 절집은 좀체 찾을 수 없고, 오년 뒤? 아마도 저기서 아이들 코를 닦아주고 있겠죠 뭐. 금이 간 유

리창과 대못이 위태롭게 박혀 있는 미닫이의 어린이집을 지나
치며 무심한 척 나는 말했지만, 그가 웃었을까. 그를 비껴간 대
답이 어색하나마 그에 대한 배려라고 생각했을 뿐, 그때 나는 서
투르고도 어수룩한 갓 서른이었으므로.

그후 그는 영판 떠돌이로 바람결 귀엣말 속에만 존재했고 오
년 뒤, 아이 엄마도 되지 못하고 산동네 아기들의 기저귀도 갈아
주지 못한 채 비탈길 오르는 내 발걸음이 숨차다. 그 솜틀집이며
담뱃가게 그리고 그 언덕길의 달맞이꽃. 지난날의 기억들이 발
밑에서 먼지로 날아오르고 포클레인 소리가 자주 가슴을 갈아
엎는다. 오년 뒤를 물어보던 그 폐허에서 그를 비껴간 대답처럼
그의 절망을 비껴간 나는 여전히 할 말이 없어 부끄럽고.

먼지바람 자욱한 비탈길을 내려오는데 문득 두려워졌다. 평
지에 발을 딛는 순간 비탈 위의 기억들이 재가 되어버릴까봐. 때
묻은 작업복과 해진 운동화, 문 닫힌 공장과 늦은 밤 미싱 소리,
낮은 골목길의 담배연기, 긴 축대 끝의 달맞이꽃, 그의 눈빛만큼

고단했던 시절들이 먼지로 날아오를까봐.

오년 뒤 무얼 하고 있을 거냐고?

| 문태준 |

맨발

어물전 개조개 한 마리가 움막 같은 몸 바깥으로 맨발을 내밀어 보이고 있다

죽은 부처가 슬피 우는 제자를 위해 관 밖으로 잠깐 발을 내밀어 보이듯이 맨발을 내밀어 보이고 있다

펄과 물속에 오래 담겨 있어 부르튼 맨발

내가 조문하듯 그 맨발을 건드리자 개조개는

최초의 궁리인 듯 가장 오래하는 궁리인 듯 천천히 발을 거두어갔다

저 속도로 시간도 길도 흘러왔을 것이다

누군가를 만나러 가고 또 헤어져서는 저렇게 천천히 돌아왔을 것이다

늘 맨발이었을 것이다

사랑을 잃고서는 새가 부리를 가슴에 묻고 밤을 견디듯이 맨발을 가슴에 묻고 슬픔을 견디었으리라

아— 하고 집이 울 때

부르튼 맨발로 양식을 탁발하러 거리로 나왔을 것이다

맨발로 하루종일 길거리에 나섰다가

64

가난의 냄새가 벌벌벌벌 풍기는 움막 같은 집으로 돌아오면
아── 하고 울던 것들이 배를 채워
저렇게 캄캄하게 울음도 멎었으리라

| 안도현 |

나중에 다시 태어나면

나중에 다시 태어나면
나 자전거가 되리
한평생 왼쪽과 오른쪽 어느 한쪽으로 기우뚱거리지 않고
말랑말랑한 맨발로 땅을 만져보리
구부러진 길은 반듯하게 펴고, 반듯한 길은 구부리기도 하면서
이 세상의 모든 모퉁이, 움푹 파인 구덩이, 모난 돌멩이들
내 두 바퀴에 감아 기억하리
가위가 광목천 가르듯이 바람을 가르겠지만
바람을 찢어발기진 않으리
나 어느날은 구름이 머문 곳의 주소를 물으러 가고
또 어느날은 잃어버린 달의 반지를 찾으러 가기도 하리
페달을 밟는 발바닥은 촉촉해지고 발목은 굵어지고
종아리는 딴딴해지리
게을러지고 싶으면 체인을 몰래 스르르 풀고
페달을 헛돌게도 하리
굴러가는 시간보다 담벼락에 어깨를 기대고
바퀴살로 햇살이나 하릴없이 돌리는 날이 많을수록 좋으리

그러다가 천천히 언덕 위 옛 애인의 집도 찾아가리
언덕이 가팔라 삼십년이 더 걸렸다고 농을 쳐도 그녀는 웃으리
돌아가는 내리막길에서는 뒷짐 지고 휘파람을 휘휘 불리
죽어도 사랑했었다는 말은 하지 않으리
나중에 다시 태어나면

| 유안진 |

비 가는 소리

비 가는 소리에 잠 깼다
온 줄도 몰랐는데 썰물소리처럼
다가오다 멀어지는 불협화의 음정(音程)

밤비에도 못다 씻긴 희뿌연 어둠으로, 아쉬움과 섭섭함이 뒤축 끌며 따라가는 소리, 괜히 뒤돌아다보는 실루엣, 수묵으로 번지는 뒷모습의 가고 있는 밤비소리, 이 밤이 새기 전에 돌아가야만 하는 모양이다

가는 소리 들리니 왔던 게 틀림없지
밤비뿐이랴
젊음도 사랑도 기회도
오는 줄은 몰랐다가 갈 때 겨우 알아차리는
어느새 가는 소리가 더 듣긴다
왔던 것은 가고야 말지
시절도 밤비도 사람도…… 죄다.

| 이상국 |

시로 밥을 먹다

철원 사는 정춘근 형에게
시 한 편을 보냈더니
원고료 대신이라며 쌀을 보내왔다
그깟 몇푼 된다고
온라인 한줄이면 충분할 텐데
자루에 넣고 다시 포장해서 택배로
이틀 만에 사람이 들고 왔다
철원평야 들바람과
농사꾼들 발자국 깊게 파인
논바닥이 훤히 보이고
두루미 울음까지 들어 있는
쌀을 보내왔다
나는 그걸로 식구들과 하얀 이밥을 해먹었다

| 신대철 |

눈 오는 길

막 헤어진 이가
야트막한 언덕집
처마 밑으로 들어온다.
할 말을 빠뜨렸다는 듯
씩 웃으면서 말한다.

눈이 오네요

그 한마디 품어 안고
유년시절을 넘어
숨차게 올라온 그의 눈빛에
눈 오는 길 어른거린다.

그 사이 눈 그치고
더 할 말이 없어도
눈발이 흔들린다.

몸

중견 의사 모(某)씨의 수련의 시절 임상경험담을 일간지 칼럼에서 본 적이 있다

하루는 울며불며 엄마 손에 끌려온 꼬마 환자를 살폈는데 가슴에 제법 굵다란 종기가 있더라고, 젊은 의사 모씨, 누렇게 곪은 소녀의 젖꽃판을 손가락으로 힘껏 눌러 짰더니 저런! 팥알만 한 젖꼭지까지 묻어나 얼결에 피고름의 솜뭉치와 함께 쓰레기통에다 버렸다나? 등줄기며 간담까지 서늘해진 그의 불면의 밤들, 꿈길에서조차 더러 유두 없는 처녀귀신에게 쫓기곤 했다는 것

인근 소읍에서 개업한 지 여러 해, 진찰실 문을 열고 들어서는 소녀티 갓 벗은 그녀를 한눈에 알아봤다지 불안이나 죄책감은 숨긴 채 청진기를 들이댄 그의 시선 끝에 아, 새순의 귀여운 젖꼭지가 잡히고 순간 감사와 흥분, 일종의 경외감까지 뒤엉켜 왈칵 눈물이 솟더라고

무엇이, 어떤 신묘한 힘이 그녀 가슴에다 분홍 꽃눈을 다시 돋

게 했을까 시간이 지닌 설명 불가능의 복원력, 소녀의 몸에 잠들어 있던 여자가? 그녀 자궁에 잠재태로 기다리고 있을, 태어나지 않은 아가의 무구한 작은 입술이?

　우리 몸 안팎에서 일시에, 생명의 한 방향으로 집중해 떠다니는 알지 못할 힘의 총량, 그녀 몸과 그의 마음 대체 어느 부분이 어느 순간에 하나로 만나 그리 힘껏 밀어내고 *끄집어당겼을까* 돋아 곱다랗게 꽃 피게 했을까

| 최민 |

그리고 꿈에

그리고 꿈에 보았네
길섶 구석진 밭
이랑 속에
감실거리는 안개를

아득한 길을 그냥 가다가
문득
미친 두 눈을 들어
먼 산

아주 더 멀리 어두컴한 산
등성이 위
희미한
나뭇가지의 반짝임

그리고 꿈이 깨어 사라진 날
벌판의 한끝에

그림자도 없이
서서 우는 사내를 보았네

물에게 길을 묻다 3
사람들

세상에서 가장 큰 즐거움은 사람으로 태어나는 것*이라고 누
가 말했었지요
　그래서 나는 사람으로 살기로 했지요
　날마다 살기 위해 일만 하고 살았지요
　일만 하고 사는 것이 쉽지는 않았지요
　일터는 오래 바람 잘 날 없고
　인파는 술렁이며 소용돌이쳤지요
　누가 목소리를 높이기라도 하면
　소리는 나에게까지 울렸지요
　일자리 바뀌고 삶은 또 솟구쳤지요
　그때 나는 지하 속 노숙자들을 생각했지요
　실직자들을 떠올리기도 했지요
　그러다 문득 길가의 취객들을 힐끗 보았지요
　어둠속에 웅크리고 추위에 떨고 있었지요
　누구의 생도 똑같지는 않았지요
　세상에서 가장 어려운 건 사람같이 사는 것이었지요
　그때서야 어려운 것이 즐거울 수도 있다는 걸 겨우 알았지요

사람으로 산다는 것은 사람같이 산다는 것과 달랐지요
사람으로 살수록 삶은 더 붐볐지요
오늘도 나는 사람 속에서 아우성치지요
사람같이 살고 싶어, 살아가고 싶어

* 『열자(列子)』의 '천서(天瑞)'편에서.

| 조정권 |

국도

누런 흙물에 쓸려
무너져내린 용미리 공원묘지
국도(國道)로 흘러내려온 수많은 인간들의 해골과
발에 차이는 관짝들.
해골들 입 벌리고
눈구멍 뚫린 채
현대공업사 공터와
SK주유소 마당까지 들어와
제 몸뚱이 찾아다니고 있다.
트럭과 자가용과 버스가 뒤얽힌 사십삼번 국도.
빗물에 굴러다니는 인간의 해골을 밟고
걷어차며, 축사에서 뛰쳐나온
돼지들이 국도를 돌아다니고 있다.

| 이기인 |

알쏭달쏭 소녀백과사전
봄비

공장 마당에 혼자인 나무, 작업복에 붉은 물방울이 튄다

나는 언제 울면서 얘기할 수 있는가
내 눈물은 참았던 일이 많아서 한꺼번에 쏟아질 것이다

그날은 소주 한잔 사달라는 사람 있거든 술 한잔 사주고
손수건도 내주고 집까지 바래다주는 일도 까먹지 말아라

빗방울 소리 저녁 늦게까지 저벅저벅 집으로 오고
우산도 없이 걷는다는 게 말이냐, 우산도 없다는 게 말이냐

봄비 오시는 날 비 맞은 소녀
애인 옷 잘 다려서 못에 걸어놓고 다리미 세워놓고

엊그제부터 생리대에 쏟아진 피와 만나서 온종일, 찐 감자처럼
이 저녁이 배고픈 사람을 기다린다

늪, 목포에서

여자는 아팠다 여자는 십여분이 넘지 않는 간격으로 계속 몸을 뒤척였다 일이 끝나자마자 벗은 그대로 수이 잠이 든 그니였다 그러나 이내 깊이 잠이 들었는가 싶더니 채 삼십여분을 넘기지 않고 양미간에 주름을 세우며 몸을 움직여댔다 맑은 이마에선 어느새 유리가루 같은 작은 땀방울이 솟아났다 목줄기 아래로 젖은 기운이 피부를 덮고 있었다 사내가 일어나 주섬주섬 옷을 챙겨 입을 때 여자는 다시 눈을 떴다 이마를 짚어보니 따가운 열기가 그대로 손끝에 전해왔다 여자는 아팠다 사내는 옷을 입은 몸으로 상체를 구부려 여자의 얼굴에 자신의 얼굴을 가져다 댔다 누가 보면 우스운 꼴이었다 여자는 눈을 마주하며 그대로 있었다 사내는 여자가 덮은 이불 위로 그의 상체를 포개어 구부리고 앉았다 여자는 아무런 미동도 없이 두 눈만 멀뚱히 뜬 채 천장을 향할 뿐이었다 그러다 여자의 손이 사내의 머릿결에 와닿았다 다 부질없는 일이었다 골목 뒤에 해장국집이 있어요 꼭 식사하고 올라가요 이름이 뭐냐 지양이에요 그게 네 암호구나 다시 만날 수 있을지 모르지만 그때는 병이 너를 떠날 거야…… 여자는 아팠다 사내는 탁자 위에 놓인 기차표를 집어들었다 여자가 슬픈 눈으로 기차표를 바라보았다 사내는 창밖을 바라보며 잠시 서 있었다 바람은 멎어 있었지만 제법 굵은 빗줄기가 어둠을 놓지 않고 흘러내리고 있었다 사내는 기차표의 접힌 선을 손가락으로 문지르며 한동안 망설였다 사내는 자신이 깊은 늪에 잠시 갇혀 있다는 생각을 했다 늪에 비가 내리고 있었다 늪의 한가운데 한 여자가 더욱 깊이 빠져드는 그림이 떠올랐다 그녀에게 손을 뻗을 수는 없을까 그렇다 한들 어떻게 이 늪을 빠져나갈 수 있을까 비는 그치지 않을 기세였다 사내는 접혔던 창문의 커튼을 내리고 돌아섰다 여자는 그때까지 눈을 뜨고 있었다 사내가 돌아서 나선 후, 계단의 발자국 소리가 멀어질 때까지 그리고 문밖을 나서 빗줄기 내리는 세상을 향해 질주할 때까지 여자는 미동도 하지 않고 그냥 그렇게 누워 있었다

| 노향림 |

그리운 서귀포 1

나는 가난했어요.

낡은 지도 한 장 들고 서귀포로 갑니다.

마른 갯벌엔 눈 감은 게껍질들이 붙어 있어요.

가는귀먹은 게들이 남아서 부스럭거립니다.

햇빛과 목마름으로 여기까지 버티어온 나는

바다를 앞에 놓고도 건너갈 수가 없어요.

아내의 나라가 보이는 곳까지 가까스로 닿습니다.

사랑한다는 말에 가까스로 닿습니다.

나의 처소는 이끼 낀 흙담벽이 둘러쳐져 있어요.

그리고 한 평 반의 바람 드는 방엔 닿을 수 없는

아내의 바다가 수심에 잠겨 출렁거려요.

그리운 쪽빛 바다 서귀포.

| 이문숙 |

슬리퍼

지압 슬리퍼를 팔러 온 남자를 보고 생각났다
작년에 신다 책상 아래 팽개쳐 뒀던 슬리퍼
먼지를 폭삭 뒤집어쓰고 까마득 버려져서도 슬리퍼는
여전히 슬리퍼다
기억이란 다 그런 것이다
기억 속에는 맨홀 뚜껑 같은 확실한 장치가 없어서
그 아래 무언가를 고치러 들어간 사람을 두고도
꽉 뚜껑을 닫아버리기도 하는 것이다
그 남자가 질식하건 말건
그러다 숨을 놓기 직전
고철 덩어리 같은 기억을 붙들고서야
아차, 뚜껑을 열어보는 것이다
어쨌든 물건이라는 건 마지막이라는 게 없어서
먼지만 활활 털어버리면 또 슬리퍼가 된다
망각의 먼 땅을 털벅거리며 돌아다니고서도
금방 뒤축이 닳아빠진 슬리퍼로 돌아온다
작년 이맘때 어디서 무얼 했는지

기억나지 않는 누군가의 발을 충실히 꿰차고
슬리퍼는 또 열심히 끌려다닐 것이다 저러다가도
슬리퍼는 또 책상 아래 보이지 않는 구석으로 처박힌다
기억이 그렇게 시킨다면
케케한 먼지와 어둠을 거느리고
누군가 슬리퍼를 사납게 끌며 또 어두운
복도 저쪽으로 사라진다

| 맹문재 |

안부

시골에서 생전 듣지도 보지도 못했던
췌장암이 믿기지 않아
서울의 큰 병원에 확인검사를 받으려고 올라오신 큰고모님
차에서 내리자마자

여기 문재가 사는데, 문재가 사는데……

서울의 거리를 메운 수많은 사람들과 차들과 상점들 사이에서
장조카인 나를 찾으셨단다

나는 서울의 구석에 처박혀 있어
어디에서도 찾기 어려운데
어디에서도 찾을 수 있다고 생각하신 것일까

나는 목덜미에 찰랑찰랑 닿는 목욕탕의 물결에도
칼날에 닿은 듯 어지러움을 느끼고 있는데
콧노래를 부른다고 믿으신 것일까

지하도로 들어오는 한줄기 햇살만큼이나 보고 싶었지만
내게 부담된다고 아무 연락도 안하고
하늘까지 그냥 가신 큰고모님

아귀다툼의 이 거리를 헤치고 출근하다가 문득
당신의 젖은 손 같은 안부를 듣는다

| 문성해 |

미역국 끓는 소리

방에 누워 부엌에서 미역국 끓는 소리를 듣는다

비릿한 미역줄기들이 커튼처럼
우리집 창틀에 매달리는 걸 본다 그 속에
미역줄기 같은 머리를 감고 죽은 앵두집 아이도 보인다
그 아이의 심하게 접힌 다리가 이상하게도 펴져 있었다
저수지에 빠져 죽은 그 아이
그곳에선 앉은뱅이 다리가 쉽게 풀리더라고
부러진 의자들도 수초처럼 물결에 흔들리며 서 있다고
그곳에선 모든 것이 펄펄 끓는 춤이더라고

방 안에서 듣는 미역국 끓는 소리는
다급하게 누군가 우리집 지붕을 열려고 들썩거리는 소리 같다
장롱 속 이불들이 들썩거리고
옷장 속 개어진 옷들이 천천히 일어서고
저수지 아래 가라앉은 내 노래가
서서히 비등점을 향해 끓어오를 때

| 권혁웅 |

독수리 오형제

0. 기지(基地)

정복이네는 우리집보다 해발 30미터가 더 높은 곳에 살았다 조그만 둥지에서 4남 1녀가 엄마와 눈 없는 곰들과 살았다 곰들에게 눈알을 붙여주면서 바글바글 살았다 가끔 수금하러 아버지가 다녀갔다

1. 독수리

큰형이 눈뜬 곰들을 다 잡아먹었다 혼자 대학을 나온 형은 졸업하자마자 둥지를 떠나 고시원에 들어갔다 형은 작은 집을 나와서 더 작은 집에 들어갔다 그렇게 십년을 보냈다 새끼 곰들이다 클 만한 세월이었다

2. 콘돌

둘째형은 이름난 싸움꾼이었다 십 대 일로 싸워 이겼다는 무용담이 어깨 위에서 별처럼 반짝이곤 했다 형은 곰들이 눈을 뜨건 말건 상관하지 않았다 둘째형이 큰집에 살러 가느라 집을 비우면 작은집에서 살던 아버지가 찾아왔다

3. 백조

누나는 자주 엄마에게 대들었다 엄마는 왜 그렇게 곰같이 살아! 나는 그렇게 안 살아! 눈알을 박아넣는 엄마 손이 가늘게 떨렸다 누나 손은 미싱을 돌리기에는 너무 우아했다 누나는 술잔을 집었다

4. 제비

정복이는 꼬마 웨이터였다 누나와 이름 모르는 아저씨들 사이를 부지런히 오가며 소식을 주워날랐다 봄날은 오지 않고 박꽃도 피지 않았으며 곰들도 겨울잠에서 깨어날 줄 몰랐다 그냥, 정복이만 바빴다

5. 올빼미

하루는 아버지가 작은집에서 뚱뚱한 아이를 데려왔다 인사해라, 네 셋째형이다 새로 생긴 형은 말도 하지 않았고 학교에 가지도 않았다 그저 밤중에 앉아서 눈뜬 곰들과 노는 게 전부였다 연탄가스를 마셨다고 했다

6. 불새

우리는 정복이네보다 해발 30미터가 낮은 곳에 살았다 길이 점점 좁아졌으므로 그 집에 불이 났을 때 소방차는 우리집 앞에서 멈추었다 그들은 불타는 곰발바닥들을 버려두고, 그렇게, 하늘로 날아올랐다

* 사실 독수리 오형제는 독수리들도 아니고, 오형제도 아니다. 다섯 조류가 모인 의남매다. 다섯이 모이면 불새로 변해서 싸운다.

| 박경원 |

나무, 또는 나의 동반자인

내 매양 그대 생각하면
그대는 내 마음의 바람 속에
자라고 있는 나무와 같다
이처럼 그대가 그대의 아들에게 하듯이
내 머리 쓰다듬고 잠재우는 그늘 주며
어쩔 바 모르는 젊은 날의 산책길에
나무, 또는 나의 동반자인 그대
괴로움의 뒤엉키고 매듭진 뿌리이며
내 마음속 정겨운 징표로 옹이 지고
평온한 날 물 위 바람으로
깜빡, 오랜 날을 보내온 양 무늬결 지니는
그대, 이 모든 자연스러운 것들의 심성으로
잠들며, 또한 새벽 속에 이슬 뿌리고 기지개 켜는
그대, 품안에 새 기르고
그 새의 노래에 정신 팔려 귀 기울이고
때로 장난처럼 그 새 날려보내기조차 하는
나무, 또는 나의 동반자이며
그대 속의 나인 그대

| 박남준 |

적막

눈 덮인 숲에 있었다
어쩔 수 없구나 겨울을 건너는 몸이 자주 주저앉는다
대체로 눈에 쌓인 겨울 속에서는
땅을 치고도 돌이킬 수 없는 것들을 묵묵히 견뎌내는 것
어쩌자고 나는 쪽문의 창을 다시 내달았을까
오늘도 안으로 밖으로 잠긴 마음이 작은 창에 머문다
딱새 한 마리가 긴 무료를 뚫고 기웃거렸으며
한쪽 발목이 잘린 고양이가 눈을 마주치며 뒤돌아갔다
한쪽으로만 발자국을 찍으며 나 또한 어느 눈길 속을 떠돈다
흰빛에 갇힌 것들
언제나 길은 세상의 모든 곳으로 이어져왔으나
들끓는 길 밖에 몸을 부린 지 오래
쪽문의 창에 비틀거리듯 해가 지고 있다

| 정우영 |

우리 밟고 가는 모든 길들은

1

길 위로도 길이 지나고 길 아래로도 길이 지난다. 이 평범한 사실을 깨달은 게 그리 오래지 않다. 사람도 웬만큼 나이를 먹으면 예지가 번득이는 모양이다. 어느날 갑자기 길이 느껴졌다.

2

내 말이 믿기지 않거든, 내가 시키는 대로 한번 해보라. 저녁 어스름 얕게 깔리는 시각, 오래된 느티나무에 등을 기대고 반드시 동남방을 향하여 오줌 줄기를 세울 것(나무는 느티나무가 아니어도 상관없을지 모른다. 단지 오래되어 신령기가 느껴지는 나무라면). 그리고 골고루 당신 주위에 뿌릴 것. 마치 비의(秘儀)를 집행하는 접신자처럼. 그리하면 틀림없이 당신의 발밑에서 신음소리 같은 게 들려올 테니. 그때 눈 쫑긋 세워 둘러보면 마침내 보일 것이다. 당신 발아래 웬 사람의 어깨가 놓여 있음을. 걸어온 길 돌아다보면 그 길이 실은 수많은 사람들의 어깨와 등과 머리였음을. 거기에 화인처럼 찍힌 당신의 익숙한 발자국들을.

3

곤혹스러워 발 떼려고 할 때, 분명 당신 어깨가 시려울 것이다. 고개 들어 쳐다보지 않아도, 누군가 당신을 밟고 지나가는 게 선득하게 느껴질 것이다. 어르신들이 유달리 어깨가 시리다 하고 등이 저리다 함은 다 이 때문이다. 살아오신 동안 너무 많은 사람들에게 어깨나 등을 내맡겼던 것이다.

| 이승희 |

패랭이꽃

착한 사람들은 저렇게 꽃잎마다 살림을 차리고 살지, 호미를 걸어두고, 마당 한켠에 흙 묻은 삽자루 세워두고, 새끼를 꼬듯 여 문 자식들 낳아 산에 주고, 들에 주고, 한 하늘을 이루어간다지.

저이들을 봐, 꽃잎들의 몸을 열고 닫는 싸리문 사이로 샘물 같 은 웃음과 길 끝으로 물동이를 이고 가는 모습 보이잖아, 해 지 는 저녁, 방마다 알전구 달아놓고, 복(福)자 새겨진 밥그릇을 앞 에 둔 가장의 모습, 얼마나 늠름하신지. 패랭이 잎잎마다 다 보 인다, 다 보여.

| 강은교 |

차표 한 장

바람이 그냥 지나가는 오후, 버스를 기다리고 있네, 여자애들 셋이 호호호— 입을 가리며 웃고 지나가고, 헌 잠바를 입은 늙은 아저씨, 혼잡한 길을 정리하느라, 바삐 왔다갔다하는 오후, 차표 한 장 달랑 들고 서 있는 봄날 오후, 아직 버스는 오지 않네

아직 기다리는 이도 오지 않고, 양털 구름도 오지 않고, 긴 전율 오지 않고, 긴 눈물 오지 않고, 공기들의 탄식소리만 가득 찬 길 위, 오지 않는 것투성이

바람이 귀를 닫으며 그냥 지나가는 오후, 일찍 온 눈물 하나만 왔다갔다하는 오후

존재도 오지 않고, 존재의 추억도 오지 않네

차표 한 장 들여다보네, 종착역이 진한 글씨로 누워 있는 차표 한 장.

아, 모든 차표에는 종착역이 누워 있네.

| 윤성학 |

내외

결혼 전 내 여자와 산에 오른 적이 있다
오붓한 산길을 조붓이 오르다가
그녀가 보채기 시작했는데
산길에서 만난 요의(尿意)는
아무래도 남자보다는 여자에게 가혹한 모양이었다
결국 내가 이끄는 대로 산길을 벗어나
숲속으로 따라들어왔다
어딘가 자신을 숨길 곳을 찾다가
적당한 바위틈에 몸을 숨겼다
나를 바위 뒤에 세워둔 채
거기 있어 이리 오면 안돼
아니 너무 멀리 가지 말고
안돼 딱 거기 서서 누가 오나 봐봐
너무 멀지도
너무 가깝지도 않은 곳에 서서
그녀가 감추고 싶은 곳을 나는 들여다보고 싶고
그녀는 보여줄 수 없으면서도

아예 멀리 가는 것을 바라지는 않고

그 거리, 1cm도 멀어지거나 가까워지지 않는

그 간극

바위를 사이에 두고

세상의 안팎이 시원하게 내통(內通)하기 적당한 거리

| 김사인 |

봄밤

나 죽으먼 부조돈 오마넌은 내야 **돠** 형, 요새 삼마넌짜리도 많던데 그래두 나한테는 형은 오마넌은 내야 **돠** 알었지 하고 노가다 이아무개(47세)가 수화기 너머에서 홍시냄새로 출렁거리는 봄밤이다.

어이, 이거 풀빵이여 풀빵 따끈할 때 먹어야 되는디, 시인 박아무개(47세)가 화통 삶는 소리를 지르며 점잖은 식장 복판까지 쳐들어와 비닐봉다리를 쥐여주고는 우리 뽀뽀나 하자고, 뽀뽀를 한번 하자고 꺼멓게 술에 탄 얼굴을 들이대는 봄밤이다.

좌간 우리는 시작과 끝을 분명히 해야 혀 자슥들아 하며 용봉탕집 장사장(51세)이 일단 애국가부터 불러제끼자, 하이고 우리집서 이렇게 훌륭한 노래 들어보기는 츰이네유 해쌓며 푼수 주모(50세)가 빈자리 남은 술까지 들고 와 연신 부어대는 봄밤이다.

십이마넌인데 십마넌만 내세유, 해서 그래두 되까유 하며 지갑들 뒤지다 결국 오마넌은 외상을 달아놓고, 그래도 딱 한잔만

더, 하고 검지를 세워 흔들며 포장마차로 소매를 서로 끄는 봄밤
이다.

　죽음마저 발갛게 열꽃이 피어
　강아무개 김아무개 오아무개는 먼저 떠났고
　차라리 저 남쪽 갯가 어디로 흘러가
　칠칠치 못한 목련같이 나도 시부적시부적 떨어졌으면 싶은

　이래저래 한 오마넌은
　더 있어야 쓰겠는 밤이다.

| 전성호 |
서창, 해장국집

비 오다 그친 날, 슬레이트집을 지나다가
얼굴에 검버섯 핀 아버지의 냄새를 맡는다

양철 바케쓰에 조개탄을 담아 양손에 쥐고 오르던 길
잘 열리지 않는 문 앞에서 언 손으로 얼굴 감싸쥐어도
겨울 새벽은 쉬 밝아오지 않고,
막 피워낸 난로 속 불꽃은 왜 그리 눈을 맵게 하던지
닫힌 문 작은 구멍마다 차가운 열쇠를 들이밀면
낡은 내복 속 등줄기를 따라 식은땀 뜨겁게 흘러내렸다

한달치 봉급을 들고 아들이 돌아오면
아버지는 마른 정강이를 이끌고 해장국집으로 갔다
푹 들어간 눈 속으로 탕 한 그릇씩 퍼담던 오후
길 끝 당산나무에 하늘 높이 가슴치는 매미 울음소리 속에서
아버지와 아들은 아무 말도 하지 않았다

껴안을수록 멀어지는 세상

우산도 없이 젖은 머리칼을 털며
서창 해장국집 문을 열고 들어서면
습기 찬 구름 한덩이 닫힌 창 밖으로 빠르게 흘러가고
검버섯 핀 손등 위로 까맣게 아버지 홀로 걸어가신다

살다 허기지면 찾아가는 그 집
금빛 바늘처럼 날렵한 울음 사이로
까마귀 한 마리 잎을 흔들며 날아간다

| 김승희 |

신이 감춰둔 사랑

심장은 하루종일 일을 한다고 한다
심장이 하루 뛰는 것이
10만 8천 6백 39번이라고 한다
내뿜는 피는 하루 몇천만 톤이나 되는지 모른다고 한다
지구에서 태양까지의 거리가 1억 4천 9백 6십만km인데
하루 혈액이 뛰는 거리가
2억 7천 31만 2천km라고 한다
지구에서 태양까지 두 번 갔다올 거리만큼
당신의 혈액이 오늘 하루에 뛰고 있는 것이다
바로 너, 너, 너! 그대!

그렇게 당신은 파도를 뿜는다
그렇게 당신은 꺼졌다 살아난다
그렇게 당신은 달빛 아래 둥근 꽃봉오리의 속삭임이다
은환의 질주다

그대가 하는 일에 나도 참가하게 해다오

이 사업은 하느님과의 동업이다
그 속에서 나는 사랑을 발견하겠다

| 정영 |

떠간다

사람들은 약수터에서 산을 떠간다
무덤 많은 산이라 물맛도 좋다며
뼈도 떠가고 눈동자도 떠간다
꽃이 피면 호랑이의 뿌리도 떠가고
민들레의 젖도 떠간다
단풍 들면 불타는 내장도 떠가고
금세 바스러질 듯한 세월의 손바닥도 떠간다
눈이 오면 시퍼런 몸, 최후의 숨결도 떠간다
줄을 서서 차례로 빈 통을 들이밀며

우리는 갸륵하게
산 뒤에 차려놓은 구름 한덩이도 마저 떠간다

또 누군가는 나를 떠갈 것이다

| 조말선 |
당신의 창문

검푸른 당신의 창문 수심이 깊은 당신의 창문 물고기처럼 성별을 알 수 없는 그림자가 어른거리는 당신의 창문 당신이 없는 틈에 익사체처럼 떠오르는 당신의 여자가 쿨럭쿨럭 허공으로 검푸른 물을 게워내는 당신의 여자가 물고기들을 게워내고 수초들을 게워내고 당신을 게워내는 당신의 여자가 하품하듯 창문을 열고 이불처럼 무겁게 펄럭인다 당신이 빨래집게처럼 어둑어둑 서 있는 당신의 창문 수족관처럼 폐쇄적인 당신의 창문 노출을 꺼리는 당신의 창문 완전히 노출된 당신의 창문 형광등의 조도로 전략을 조절하는 당신의 창문 알려지지 않은 사생활이 퉁퉁 불어나는 당신의 창문 몇차례 익사체가 떠올랐다는 당신의 창문 한 사람이 많은 사람인 당신의 창문 많은 사람이 한 사람인 당신의 창문 흥미롭게 당신을 관람하는 당신의 창문

| 유홍준 |

나는, 웃는다

깜박,
눈을 붙였다
깼을 뿐인데 누가
내 머리를 파먹은 거야
아주 잠깐 눈을 감았다 떴을 뿐인데
누가 내 눈동자를 쪼아먹은 거야 수박덩어리처럼
누가 넝쿨에서 내 꼭지를 잘라낸 거야 배꼽이
빠지도록 웃는다 숟가락으로 파먹다 만
뒤통수를 감추고 웃는다
이렇게 파먹힌 얼굴
이렇게 파먹힌 뒤통수로
이렇게 쪼아먹힌 눈 이렇게 갈라터진 흉터로
누가 내 뒤통수에 빨간 소독약 묻힌 솜뭉치를 쑤셔넣다 놔둔
거야
누가 내 웃음에 주삿바늘을 꽂아놓은 거야 누가
내 웃음에 링거 줄을 꽂고 포도당을 투약하는 거야
누가 바퀴 달린 이 침대를 밀며 달리는 거야

복도처럼 아득하게 웃는다 미닫이처럼
드르륵 웃는다 하얀 시트가 깔린 이 수술대 위에서
배를 잡고 웃는다 이 흉터 같은 입술
이렇게 붙었다 떨어졌다 하는
흉터 같은 입술로, 누가
흉터 위에
립스틱을 바르는 거야
누가 이 흉터끼리 뽀뽀를 시키는 거야

비망록 2
마을버스를 기다리며

누가 남겨놓았을까
정거장 옆 낡은 공중전화에는
통화는 할 수 있으나 반환되지 않는 돈
60원이 있다
어디로 가야 하나, 나는
어디로도 반환되지 않을 것이다
이 봄

긴 병 끝에 겨울은 가고
들판을 밀고 가는 황사바람을 따라
부음은 왔다 어느 하루
민들레 노란 꽃이
상장(喪章)처럼 피던 날 너는
어지러이 마지막 숨을 돌리고
나는 남아 이렇게 안 오는 버스를 기다리며
떠도는 홀씨 환한 손바닥으로
받아보려는 것이다

저 우연한 단돈 60원이
생의 비밀이라면
이미 써버린 지난 세월 속에서
무엇과 소통하고 무엇이 남아
앞으로 남은 시간을 견디게 할 것인가
산다는 것이 통화는 할 수 있으나
반환되지 않는다는 것을,
반환되지 않는 것조차 남기고 간다는 것을

너는 알았을 것이다
나만 몰랐을 것이다 호주머니 속의 두 손처럼
세월이 가고 다시 이 자리에 섰을 때
무엇이 달라져 있을 것인가
나 또한 바람 속에 흩어져 있을 것이고
흩어진 자리에 민들레꽃 한두 송이
너를 기억할 것이다 안녕, 사랑아

| 이병률 |
아무것도 그 무엇으로도

눈은 내가 사람들에게 함부로 했던 시절 위로 내리는지 모른다

어느 겨울밤처럼 눈도 막막했는지 모른다

어디엔가 눈을 받아두기 위해 바닥을 까부수거나 내 몸 끝 어딘가를 오므려야 하는지도 모르고

피를 돌게 하는 것은 오로지 흰 풍경뿐이어서 그토록 창가에 매달렸는지도 모른다

애써 뒷모습을 보이느라 사랑이 희기만 한 눈들, 참을 수 없이 막막한 것들이 잔인해지는지도 모른다.

자신의 비명으로 세상을 저리 밀어버리는 것도 모르는 저 눈발

손가락을 끊어서 끊어서 으스러뜨려서 내가 알거나 본 모든

배후를 비비고 또 비벼서 아무것도 아니며 그 무엇이 되겠다는
듯 쌓이는 저 눈 풍경 고백 같다, 고백 같다

| **박연준** |

연애편지

물속에서

1

물속에서 편지를 쓴다
쥐어뜯긴 시간들이 물 위를 떠간다

2

떨어지는 해를 받아먹고 싶어
아니면 슬픔에 축축이 젖은 복숭아 동그란 씨를 삼킬까?
미안해, 실은 방금 전 파란 캡슐을 삼켰어
나는 하늘이 되려나봐
내가 파놓은 네 가슴속 계단이 되려나봐

3

씩씩하게 바람이 지나갔고
엉성한 사랑이 토사물처럼 달라붙었다
거짓말, 씩씩한 건 사랑이 될 수 없다
부화하지 않는 알을 품고 하늘을 본다
밤이 흔들리며 걸어간다

잠들지 말라고 쇄골을 물어뜯는 밤,
그가 내 쇄골을 스윽 빼더니
손가락으로 튕기며 논다
어깨가 주저앉은 채로 그를 따라가며
병신걸음으로 늙는다
자꾸만 내 몸의 이파리가 썩고
나를 옮겨심고 싶은데,
내가 잠긴 흙속에는 뿌리가 없다

4
담요를 몸에 두르고 앉았는데
그의 머리카락 한 올이 담요에 묻어 있다
오래 바라보다 옆에 가만히 내려놓는다
머리카락은 등을 구부정하게 하고 옆으로 누워 있다
이 가느다란 선(線)이
오늘밤 내게 온 슬픔이다

5

하얀 옷을 입은 내가 걸어가고 있다

| 엄원태 |

저녁

비 그치자 저녁이다 내 가고자 하는 곳 있는데, 못 가는 게 아닌데, 안 가는 것도 아닌데, 벌써 저녁이다 저녁엔 종일 일어서던 마음을 어떻게든 앉혀야 할 게다 뜨물에 쌀을 안치듯 빗물로라도 마음을 가라앉혀야 하리라, 하고 앉아서 생각하는 사이에 어느새 저녁이다 종일 빗속을 생각의 나비들, 잠자리들이 날아다녔다 젖어가는 날개 가진 것들의 젖어가는 마음을 이제 조금은 알겠다, 저녁 되어 마음을 가라앉히는 것이 늙어가는 어떤 마음과 다름없는 것을…… 뽀얗게 우러나는 마음의 뜨물 같은 것을…… 비가 그 무슨 말씀인가를 전해주었나보다

| 최종천 |
화곡역 청소부의 한달 월급에 대하여

올해 문화예술위원회에서 주겠다는
지원비가 드디어 한달에 100만원씩
1200만원으로 올랐다, 용렬하게
이 몸도 신청했다, 문득 화곡역 청소부에게
한달 월급이 얼마나 되느냐고
왜 물어보고 싶었을까?
63만원이라고 했다.
시집도 내고 목돈으로 1200만원이나 벌었으니
행복은 역시 능력있는 사람의
권리지 의무가 아니라고
누군가는 생각할 것이다, 솔직히
배때지가 꼴린다, 내가 못 받았기 때문이다
"모든 예술은 사기다."
백남준의 이 말은 은유도 비유도 아니다
예술은 부를 창출하는 게 아니다, 그 청소부는
얼마나 많은 부를 창출하고도 그것밖에 가지지 못하나
예술은 허구를 조작하는 것이다.

이 사실을 자각하는 시인만이 시인이라고
단언하기는 그렇지만, 시인들이여
행복은 권리라고 생각하지 마라, 그렇다면 그대는
시인은 못되리라, 행복은 누구나의 의무다
우리의 행복함은 곧 우리가 선함이요
우리의 불행은 우리가 악하기 때문이라
이러한 행복과 불행의 원리는,
화곡전철역에서 하루종일 허리 구부리고 청소하시는
아주머니의 월급이 63만원밖에
안되기 때문이다.

| 김중일 |

깨지지 않는 어항

그날 여자는 둥근 어항 하나를 안은 채 그만 발을 헛디뎠습니다 계단 밑으로 굴러 떨어진 어항 속에는 작고 예쁜 금붕어가 살고 있었습니다 칼집 같은 아가미에 메스가 꽂힌 채 물속에서 뒤척거리고 있었습니다 금붕어는 온몸을 꽉 쥐고 있는 물이, 더러운 침낭이 역겨워서 온종일 뻐끔뻐끔 구역질을 하고 있었습니다 금붕어가 할 수 있는 건 어항 밖을 바라보며 하는 헛구역질뿐이었습니다 금붕어에게는 어항 밖의 거대한 어항도, 자신의 깨지지 않는 어항도, 무서웠습니다 금붕어는 예쁜 수초와 작은 풍차가 수놓인 두꺼운 물을 머리끝까지 끌어올렸습니다 벌벌 떨며, 얼마나 지났을까요 어지럽게 벽에 부딪히던 박쥐 같은 손전등 불빛이 여자의 더러운 외투 위로 날아들었습니다 여자의 작은 손엔 반쯤 팔린 껌박스가 쥐여져 있었습니다 그때였습니다 지하도 바닥에 동전 몇개가 양막처럼 부풀어오른 공중으로 반짝 떠올랐습니다 아무도 눈치채지 못했습니다, 하늘에는 이미 깨지지 않는 어항이 휘영청 떠 있었습니다

| 신용목 |
스타킹

마네킹 다리가 거꾸로 뻗어 있다
멀리 별을 밟았다
발을 든 모양이다

족발은 또 족발끼리 모여
모퉁이처럼 쌓인 풍경 속

다리 잘린 몸통들이 어둠의 거죽을 두르고
뛰어다녔다 그전에,
슬쩍 검은 스타킹을 신겨둔다

그전에 붉은 솥에 푹 고아둔다

두쪽 발굽에 딱딱하게 말라붙은
발자국 한꺼풀씩 벗겨
저자의 거리로 내보낼 수는 없나 내보내
문양으로 새길 수는 없나

밤이 되면
하늘에 박혀 있던 못들
와르르 빠지고,
풍경을 걸었던 자리마다
별이 빛났다

발자국은 그런 것—풍경을
지상에 걸었던 자국

못은 언제 헐거워졌을까?

풍경들이 지나간다 모두
까만 스타킹을 신었다 벗겨보면
빨갛게 삶겨 있었다

짧은 치마를 입은 여자들이

족발을 들었다
껍을 건네며 다가서는 노인의 발,
어디에 썰어놓아도
아무도 발라가지 않는,

껍딱지처럼 떨어지지 않는
별자리 단단한
못자국 앞에서

모두들 말이 없었다 족발들이 수북이
신고 있는 까만 스타킹

| 정호승 |

포옹

뼈로 만든 낚싯바늘로
고기잡이하며 평화롭게 살았던
신석기 시대의 한 부부가
여수항에서 뱃길로 한 시간 남짓 떨어진 한 섬에서
서로 꼭 껴안은 채 뼈만 남은 몸으로 발굴되었다
그들 부부는 사람들이 자꾸 찾아와 사진을 찍자
푸른 하늘 아래
뼈만 남은 알몸을 드러내는 일이 너무 부끄러워
수평선 쪽으로 슬며시 모로 돌아눕기도 하고
서로 꼭 껴안은 팔에 더욱더 힘을 주곤 하였으나
사람들은 아무도 그들이 부끄러워하는 줄 알지 못하고
자꾸 사진만 찍고 돌아가고
부부가 손목에 차고 있던 조가비 장신구만 안타까워
바닷가로 달려가
파도에 몸을 적시고 돌아오곤 하였다

| 최금진 |

조용한 가족

노파는 파리약을 타 마시고 죽었다
광목으로 지어 입은 속옷엔 뭉개진 변이 그득했다
입속에 다 털어넣고 삼키지 못한 욕설들이
다족류처럼 스멀스멀 벽지 위를 오르내렸다
어디 니들끼리, 한번 잘살아봐라……
스테인리스 밥그릇처럼 엎어진 노파의 손엔
사진 한 장이 구겨져 있었다
손아귀에 모아진 마지막 떨리는 힘으로
노파는 흙벽을 긁어댔으리라, 뒤집혀진 손톱
그 핏물을 닦아내는 여자의 완고한 표정을
노파는 허연 게거품을 물고 맞서고 있었다
호상이구만 호상, 닭뼈다귀 같은 노파의 몸을
꾹꾹 펼쳐놓으며 남자는 신경질적으로 코를 막았다
서랍장 곳곳에서 몰래 먹다 남긴
사과며 과자부스러기들이 쏟아져나온 것 말고도
썩은 장판 밑에선 만원짜리 몇장이 더 나왔다
발가벗겨진 노파의 보랏빛 도는 입엔

서둘러 쌀 한줌이 콱 물려졌다
복날이었고
뽑힌 닭털처럼 노파의 살비듬이
안 보이게 날아다녔다

어머니의 성모상

언제부터인지 모르겠지만
대낮에도 어두운 고향집에 가면
방 한쪽에 성모상과 촛불이 서 있다
가만 보면 살짝 팔짱을 껴보고 싶은 여인 같은데
어머니는 무슨 기도를 하시려고
방에다 성모상까지 모셔놔야 했을까
대한성서공회간 공동번역성서도 더듬더듬 읽는 양반이
끝내 말이 되지 못한 사연 같은 걸
아직도 품고 사신다는 얘기 같아
마당에 넌 빨간 고추만 바라보곤 했다
나는 신(神)을 부수며 살았고
어머니는 그걸 받아들인 것이다
당신의 말하기 힘든 시절이
유전되고 증식된다는 걸
때로는 벗어나려 몸부림도 쳤다는 걸
어머니는 알고 계신다는 생각에
나는 그 앞에만 앉으면 유순해진다

어느날은 세상에게, 장대비 쏟아지던 길 위에서
그만 무릎 꿇고 싶었지만
어머니의 성모상 앞이 아니라면 절대 그런 일 없을 거라고
다시 마음을 뿌드득 움켜쥐어보기도 했는데
나는 아직껏 입술 달싹이는 어머니의 기도를
한마디도 알아듣지 못하고 있다

| 이재무 |

국수

늦은 점심으로 밀국수를 삶는다

펄펄 끓는 물속에서
소면은 일직선의 각진 표정을 풀고
척척 늘어져 낭창낭창 살가운 것이
신혼 적 아내의 살결 같구나

한결 부드럽고 연해진 몸에
동그랗게 몸 포개고 있는
결연의 저, 하얀 순결들!

엉키지 않도록 휘휘 젓는다
면발 담긴 멸치국물에 갖은 양념을 넣고
코밑 거뭇해진 아들과 겸상을 한다

친정 간 아내 지금쯤 화가 어지간히는 풀렸으리라

| 신경림 |

낙타

낙타를 타고 가리라, 저승길은
별과 달과 해와
모래밖에 본 일이 없는 낙타를 타고.
세상사 물으면 짐짓, 아무것도 못 본 체
손 저어 대답하면서,
슬픔도 아픔도 까맣게 잊었다는 듯.
누군가 있어 다시 세상에 나가란다면
낙타가 되어 가겠다 대답하리라.
별과 달과 해와
모래만 보고 살다가,
돌아올 때는 세상에서 가장
어리석은 사람 하나 등에 업고 오겠노라고.
무슨 재미로 세상을 살았는지도 모르는
가장 가엾은 사람 하나 골라
길동무 되어서.

| 이진명 |

눈물 머금은 신이 우리를 바라보신다

김노인은 64세, 중풍으로 누워 수년째 산소호흡기로 연명한다
아내 박씨 62세, 방 하나 얻어 수년째 남편 병수발한다
문밖에 배달 우유가 쌓인 걸 이상히 여긴 이웃이 방문을 열어
본다
아내 박씨는 밥숟가락을 입에 문 채 죽어 있고,
김노인은 눈물을 머금은 채 아내 쪽을 바라보고 있다
구급차가 와서 두 노인을 실어간다
음식물에 기도가 막혀 질식사하는 광경을 목격하면서도
거동 못해 아내를 구하지 못한,
김노인은 병원으로 실려가는 도중 숨을 거둔다

아침신문이 턱하니 식탁에 뱉어버리고 싶은
지독한 죽음의 참상을 차렸다
나는 꼼짝없이 앉아 꾸역꾸역 그걸 씹어야 했다
씹다가 군소리도 싫어
썩어문드러질 숟가락 던지고 대단스러울 내일의
천국 내일의 어느날인가로 알아서 끌려갔다

알아서 끌려가
병자의 무거운 몸을 이리저리 들어 추슬러놓고
늦은 밥술을 떴다 밥술을 뜨다 기도가 막히고
밥숟가락이 입에 물린 채 죽어가는데
그런 나를 눈물 머금고 바라만 보는 그 누가
거동 못하는 그 누가

아, 눈물 머금은 신(神)이 나를, 우리를 바라보신다

이것이 날개다

뇌성마비 중증 지체·언어장애인 마흔두살 라정식 씨가 죽었다.

자원봉사자 비장애인 그녀가 병원 영안실로 달려갔다.

조문객이라곤 휠체어를 타고 온 망자의 남녀 친구들 여남은 명뿐이다.

이들의 평균수명은 그 무슨 배려라도 해주는 것인 양 턱없이 짧다.

마침, 같은 처지들끼리 감사의 기도를 끝내고

점심식사중이다.

떠먹여주는 사람 없으니 밥알이며 반찬, 국물이며 건더기가 온데 흩어지고 쏟아져 아수라장, 난장판이다.

그녀는 어금니를 꽉 깨물었다. 이정은 씨가 그녀를 보고 한껏 반기며 물었다.

#@%, 0%·$&*%ㅒ#@!$#*? (선생님, 저 죽을 때도 와주실 거죠?)

그녀는 더이상 참지 못하고 왈칵, 울음보를 터트렸다.

$#·&@\·%, *&#…… (정식이 오빠 좋겠다, 죽어서……)

    입관돼 누운 정식씨는 뭐랄까, 오랜 세월 그리 심하게 몸을 비틀고 구기고 흔들어 이제 비로소 빠져나왔다, 다 왔다, 싶은 모양이다. 이 고요한 얼굴,
    일그러뜨리며 발버둥치며 가까스로 지금 막 펼친 안심, 창공이다.

| 차창룡 |

고시원은 괜찮아요

이 선원의 선승들은 하늘과 땅 사이에서 오직 혼자이지요
홀로 존귀한 최고의 선승들입니다
108개의 선방에는 선승이 꼭 한명씩만 들어갈 수 있어요
여느 선방과 달리 방 안에서 무슨 짓을 해도 상관없습니다
잠을 자든 공부를 하든 밥을 먹든 자위행위를 하든
혼자서 하는 일은 무엇이든 괜찮습니다
가끔 심한 소음이 있어도 자기 일이 아니면 가급적
상관하지 않습니다 정 참지 못하면
총무스님에게 호소하면 됩니다
중국 일본 필리핀 말레이시아 방글라데시 그리고 한국
식탁에는 온통 외국인뿐입니다
이곳은 외국인을 위한 선원인 것이지요
금지된 것이 아님에도 불구하고
공양간에 함께 모인 선승들은 말이 없습니다
말은커녕 입도 벌리지 않고
그들은 밥을 몸속으로 밀어넣습니다
다년간 수행한 덕분이지요

오래 수행한 선승일수록 공양할 때 소리가 나지 않습니다
뱃속으로 고요의 강이 흐르고 흘러 바다에 이르면
가끔 화장실에 갑니다 화장실은 늘 만원입니다
괜찮습니다 참는 것이야말로 최고의 수행법이니
비가 와도 바람이 불어도 불이 나도 괜찮아요
13호실에 비상용 사다리가 있지만
서로 간섭하지 않는 미덕이 습관이 되어
나와 직접 관계되지 않은 일에는 끼어들지 않습니다
괜찮아요 불이 나도 어차피 열반에 들면
누구에게도 방해되지 않을 테니까요

| 김성규 |

독산동 반지하동굴 유적지

가슴을 풀어헤친 여인,
젖꼭지를 물고 있는 갓난아이,
온몸이 흉터로 덮인 사내
동굴에서 세 구(具)의 시신이 발견되었다

시신은 부장품과 함께
바닥의 얼룩과 물을 끌어다 쓴 흔적을 설명하려
삽을 든 인부들 앞에서 웃고 있었다
사방을 널빤지로 막은 동굴에서
앞니 빠진 그릇처럼
햇볕을 받으며 웃고 있는 가족들
기자들이 인화해놓은 사진 속에서
들소와 나무와 강이 새겨진 동굴 속에서
여자는 아이를 낳고 젖을 먹이고
사내는 짐승을 쫓아 동굴 밖으로 걸어나갔으리라
굶주린 새끼를 남겨놓고
온몸의 상처가 사내를 삼킬 때까지

지쳐 동굴로 돌아오지 못했으리라
축 늘어진 젖가슴을 만져보고 빨아보다
동그랗게 눈을 뜬 아기
퍼렇게 변색된 아기의 입술은
사냥용 독화살을 잘못 다루었으리라

입에서 기어다니는 구더기처럼
신문 하단에 조그맣게 실린 기사가
눈에서 떨어지지 않는 새벽
지금도 발굴을 기다리는 유적들
독산동 반지하동굴에는 인간들이 살고 있었다

소주를 먹다

신생아실에서 아이를 데려다 눕혀놓고
만산의,
두 시간 만의 출산이
순산도 너무 빠른 순산이어서
자궁에 혈종이 생겼다는 아내는
요도에 호스를 꽂았는데,
회복실을 빠져나와 끊은 담배를 피웠다
소주를 한 병 사서
어두운 벤치에서 혼자 마셨다
느티나무 가지 흔드는 바람자락에
형이 왔다
와서
내 어깨를 치고
아이를 들여다보고
아내에게 뭐라고 웃었다
형을 만지고 싶었다
웃음이 환하게 흩어졌다

형, 잘 가!
웃음 한자락이 남아서 오래 펄럭였다
형, 아프진 않지?
남은 한자락이 마저 흩어졌다

입만 헹군 것이 미덥지 않아서
세수를 하고, 양치를 하고
아이의 기저귀를 갈았다
아내가 고개를 돌려 물었다
술 마셨어?
홍삼 드링크를 한 병 마셨더니, 오르네

아가야, 이 소똥하고 이마받이한 녀석아!
아빠한테 삼촌이 있었다는 것이 이렇게 행복한 적이 없다
이 물에 불어서 쭈글쭈글한 녀석아!
네가 와서
삼촌이 가셨구나
너를 마중하느라고 엄마가 피를 대야로 쏟았구나

| 김근 |
물 안의 여자

　물 안의 여자 물 안의 마을 물 안의 우물에서 물 안의 물 길어
올리네

　물 안의 여자가 길어올린 우물물 물 안의 물 너무 많아 없는
거나 다름없네

　어느날 물 안으로 들어온 사내와 눈 맞아 물 안의 여자 물 안
의 아기를 낳았는데

　물 안의 집 떠다니는 방구들에 차마 눕히지 못한 물 안의 아기
물 밖으로 떠난 아비 찾아 저 혼자 떠올랐네

　물 안의 여자 물 안의 마을 물 안의 우물에서 끝도 없이 물 안
의 물 길어올리네

　물 안에서 물처럼 흘러가지 못하는 물 안의 여자 얼굴은 여태
도 잘 길어올려지지 않네

가방 하나

두 여인의 고향은 먼 오스트리아
이십대 곱던 시절 소록도에 와서
칠순 할머니 되어 고향에 돌아갔다네
올 때 들고 온 건 가방 하나
갈 때 들고 간 건 그 가방 하나
자신이 한 일 새들에게도 나무에게도
왼손에게도 말하지 않고

더 늙으면 짐이 될까봐
환송하는 일로 성가시게 할까봐
우유 사러 가듯 떠나 고향에 돌아간 사람들

엄살과 과시 제하면 쥐뿔도 이문 없는 세상에
하루에도 몇번 짐을 싸도 오리무중인 길에
한번 짐을 싸서 일생의 일을 마친 사람들
가서 한 삼년
머슴이나 살아주고 싶은 사람들

황금빛 키스

상상의 시간을 살고
졸음의 시간을 살고
취함의 시간을 살고
기억의 시간을 살고
사랑과 불안과 의심의 시간을 살고

폐결핵을 앓던 시절 한 여자를 사랑한 적 있다
왼팔이 빠진 채 언니 등에 업혀 울면서 누런 소다 찐빵을 먹었
는데, 정말로
흰 왜가리를 탔다, 왜가리의 펼친 날개가 너무 커 창천(蒼天)이
깨지고 벼락을 맞기도 했건만
꿈속 남자와 방 한칸 얻어 살림을 살았던가
아버지 도박빚에 버스차장이 되어, 미싱공이 되어, 급기야 접
대부가 되어
달랑 시집 한 권 남기고 서른세살에 요절했다 간절히
첫키스했던 남자와 두 딸과 부득부득 살고는 있지만

불쑥 돋아나 칭칭 감기며
조각난 채 일렁이는 불의 끝처럼

한 손은 운전대를 잡고 한 손은 밤식빵을 뜯으며 그랜드힐튼
을 오가다 문득
봉쇄수도원의 대침묵에 감춰진 희디흰 맨발을 내려다보고 있
는 나, 나였던가?
이미 결혼한 적이 있고 아들이 하나 있음을 떠올리고는 소스
라치듯
눈이 까만 순록이 되어 눈 덮인 툰드라를 헤맬 적 발바닥이 타
는 듯 시렸던
서귀포 물가에 나란히 누워 저무는 생의 끝맛을 보았건만
한여름 네거리에서 빨간 원피스의 미아가 되어 아모레 아모레
미오를 듣던 그때나 지금이나

촌충의 몸은 도대체 몇마디일까
아메바의 촉수는 몇가닥일까

삶이 이게 전부일 거라 생각할 수 없다
시간은 폭포처럼 떨어지고 되솟는다
나비처럼 펄럭이며 떠다닌다
아직까지 누구도 아니었던 나는
눈을 감고 기다린다 황금빛의

시인의 시간을
도둑의 시간을
거짓말의 시간을
발기된 탑과 덩굴과 안개의 시간을

| 김경미 |

야채사(野菜史)

고구마, 가지 같은 야채들도 애초에는
꽃이었다 한다
잎이나 줄기가 유독 인간 입에 달디단 바람에
꽃에서 야채가 되었다 한다
달지 않았으면 오늘날 호박이며 양파들도
장미꽃처럼 꽃가게를 채우고 세레나데가 되고
검은 영정 앞 국화꽃 대신 감자 수북했겠다

사막도 애초에는 오아시스였다고 한다
아니 오아시스가 원래 사막이었다던가
그게 아니라 낙타가 원래는 사람이었다고 한다
사람이 원래 낙타였는데 팔다리가 워낙 맛있다보니
사람이 되었다는 학설도 있다

여하튼 당신도 애초에는 나였다
내가 원래 당신에게서 갈라져나왔든가

| 고영민 |

싸이프러스 사이로 난 눈길을 따라

눈이 왔다
싸이프러스 사이로 난 눈길을 따라 너와 함께 걷는다
목도리로 얼굴의 반을 가린 너는 한동안 나를 쳐다보았고
말없이 다가와 팔짱을 끼워줬다
나는 속으로 행복하다고 말했다
싸이프러스 사이로 바람이 지나가고,
가끔씩 큰 눈보라가 일었다
우리는 뒤돌아 잔뜩 몸을 웅크리고 있다가
바람이 잠잠해질 쯤 서로의 얼굴을 보며 웃었다
나는 속으로 행복하다고 말했다
그때 너와 나의 머리칼과 눈썹, 털옷에는
눈가루가 얹혀 빛나고 있었다
우리는 그때 산사로 연결된 그 길가 나무의 이름이
싸이프러스라는 것을 알지 못했다
나무는 그저 거대하고 의연했다
그 큰 나무는 가끔씩 가지에 얹혀 있던
무거운 눈덩이를 털어내곤 했다

걷는 동안 우리는 자그마한 소리로
거꾸로 자라는 나무에 대해 얘기를 나누었다
이 겨울, 허공에 뿌리를 두고
땅속으로 땅속으로 끝없이 가지를 뻗으며
진초록의 잎새를 늘리고 있는
땀 흘리는 나무에 대한 얘기였다
땅속으로 새들이 날고
그 푸른 허공으로 빗줄기가 쏴, 하고 쏟아질 때에도
나는 몇번씩이나 속으로 행복하다고 말했다
싸이프러스 사이로 난 눈길은
걸어도 걸어도 끝나지 않고
새의 발자국 같은 흔적들이 그 위에 고스란히 남겨졌다
가끔 나는 등뒤에서 누가 부르기라도 한 듯
걸어온 길을 돌아다봤다
소실점처럼 어떤 것으로부터 나무도, 너와 나도
점점 멀어져가고
너도 나처럼 그 길의 후미를 몇번이고 돌아다봤다

그곳엔 몇백년을 한곳에 서서
눈을 맞고, 말없이 얹힌 눈을 털어내고 있는
정오의 싸이프러스가 있었고
그 사이로 난 눈길이 있었다

| 김기택 |
옛날 사진 속에서 웃고 있는

나를 보고 있다, 카메라를 쳐다보는 순간 정지되어 있는 나를, 스물두살에서 정지된 내 나이를, 48킬로그램에서 정지된 내 몸무게를, 아직도 30년 전의 짜장면을 소화시키고 있는 내 배를, 무엇이 즐거운지 이빨이 다 보이도록 벌어져 있는 내 웃음을, 웃음 때문에 증오가 조금 지워지고 있는 내 표정을, 웃음 속의 내 치석을

내가 보고 있다, 너무 많이 변하여 한번도 나였던 적이 없는 내가, 시간을 겹겹이 처바르고 껴입어 이제는 전혀 다른 인간인 내가, 시간의 열기와 압력으로 튀겨지고 뒤틀리고 구겨진 내가, 이미 늙은 생각이 두개골에 가득 찬 내가, 수백번 고이고 배출한 후에 이제 막 새 정액으로 갈아넣은 고환을 달고 있는 내가

나를 보고 있다, 찬물에 빨랫비누로 머리 감은 나를, 빵구난 양말을 구두로 가리고 있는 나를, 누린 냄새 나는 속옷을 양복으로 가리고 있는 나를, 겁 많은 눈을 어색한 웃음으로 가리고 있는 나를, 자폐적인 수줍음을 겸손처럼 보이는 침묵으로 간신히

가리고 있는 나를, 빛에 낱낱이 드러났는데도 여전히 사진 속에서 숨을 곳을 찾는 나를

　내가 보고 있다, 소닭돼지를 열심히 씹어 비듬과 무좀으로 만들고 있는 내가, 옆머리를 빗어올려 가까스로 가린 대머리로 무언가를 생각하려고 애쓰는 내가, 건조되고 있는 안구로 자꾸 무얼 보려는 내가, 뒤꿈치에서 각질이 벗겨지는 발로 어딘가를 부지런히 가고 있는 내가, 아직도 수염에서 슬픔과 두려움이 자라고 있는 내가

| 김선태 |
조금새끼

    가난한 선원들이 모여사는 목포 온금동에는 조금새끼라는 말이 있지요. 조금 물때에 밴 새끼라는 뜻이지요. 조금은 바닷물이 조금밖에 나지 않아 선원들이 출어를 포기하는 때이지요. 모처럼 집에 돌아와 쉬면서 할일이 무엇이겠는지요? 그래서 조금은 집집마다 애를 갖는 물때이기도 하지요. 그렇게 해서 뱃속에 들어선 녀석들이 열 달 후 밖으로 나오니 다들 조금새끼가 아니고 무엇입니까? 이 한꺼번에 태어난 녀석들은 훗날 아비의 업을 이어 풍랑과 싸우다 다시 한꺼번에 바다에 묻힙니다. 태어나서 죽을 때까지 함께인 셈이지요. 하여, 지금도 이 언덕배기 달동네에는 생일도 함께 쇠고 제사도 함께 지내는 집이 많습니다. 그런데 조금새끼 조금새끼 하고 발음하면 웃음이 나오다가도 금세 눈물이 나는 건 왜일까요? 도대체 이 꾀죄죄하고 소금기 묻은 말이 자꾸만 서럽도록 아름다워지는 건 왜일까요? 아무래도 그건 예나 지금이나 이 한마디 속에 온금동 사람들의 운명이 죄다 들어 있기 때문 아니겠는지요.

'사람'과 대화를 꿈꾸는 시 독자에게

박형준

*

우리 시대의 시는 사람을 되찾아야 할 것입니다. 스페인 시인 로르까는 한 대담에서 "시인은 그가 언어로 창조한 백합다발을 거들떠보기보다는 백합을 찾고 있는 사람들을 위해 진흙탕 속으로 빠져들어가야 한다"(정현종 외 편 『시의 이해』)고 했습니다. 어느 시대보다 새로움이 강조되는 우리 시대의 시와 마주하고 있을 때 이 말은 의미심장하게 다가옵니다.

그의 말에 기대 말하자면 우리 시대 시가 처해 있는 위기는 우리의 삶을 채우고 있는 예리하고 형이상학적인 질문에서 나오는지 모릅니다. 이미 1922년에 슈펭글러는 "A.D. 2000년 이후에는 인구 1천만에서 2천만까지의 도시들이 광활한 들녘에 펼쳐져 있는 것을 예상한다"(『서구의 몰락』)고 말한 바 있습니다. 그의 지적대로 우리가 살고 있는 세계 속에서 도시 영역은 날이 갈수록 확대되고 있으며 도시와 농촌의 경계는 물론이고 도시와 도시 간의 자연적 경계도 불투명해져가고 있습니다.

먼저 도농(都農)간의 경계가 흐려져가는 예를 볼까요. 우리의 탯줄인 고향도 명절에 찾아가보면 더이상 추억과 그리움으로서의 성소(聖所)가 아니라는 것을 알게 됩니다. 고향 사람들도 의식은 도시적이며, 여러 매체의 영향으로 도시의 삶을 닮아가고 있습니다. 그렇지만 도시처럼 씨스템이 되어 있지 않아서 쓰레기가 생겨도 제대로 치우지 않습니다. 안타깝게도 도시의 나쁜 습성이 그대로 드러나고 있는 고향에서 우리는 오히려 환경과 공해 문제가 더 절실한 아이러니한 상황과 마주치게 됩니다. 이렇게 고향은 어느새 도시의 주변부가 되어가고 있습니다. 고향 사람들이 도시에서 산다고 해도 상황은 별로 나아지지 않습니다. 고향을 떠난 순간부터 그들은 도시의 유민이 될 뿐이고, 고향은 사람이 없어 더 공동화되어가니까요. 도시와 도시 간의 자연적 경계 역시 불투명해져 있기는 마찬가지입니다. 서울과 수도권의 관계를 생각해보면 될 테니까요. 갈수록 도시는 최대한도로 확대되고 있지만 자리는 여전히 비좁습니다.

이러한 대도시에서 살고 있는 현대인의 모습을 한 학자는 다음과 같이 설명했습니다. "현대인은 절망감 가운데 깊은 고독 속에 빠져 있다. 이 고독은 이중적인데, 하나는 고향으로부터의 이탈에서 파생된 근본적인 고독이며, 다른 하나는 도시와 같은 타향에서 폐쇄된 자아들의 군집 속에서 갖는 관계적 고독이다."(전광식『고향』) 그의 말에 따르면 고향을 잃은 인간에게 고향 같은 모습으로 위장한 공동체와 사상들은 유혹으로 다가온다는 것입니다. 우리

주변에는 어느 시대보다도 더 새로운 학설과 교리, 그리고 주의(主義)가 범람하고 있습니다. 특히 오늘날의 과학과 기술은 실재계의 모든 것을 완벽하게 해석하고 정정할 수 있는 전능자의 모습을 띠고서 '영원한 고향', 즉 유토피아로 안내하고 인도하는 것 같습니다. 그러나 그것이 결코 현대인의 절망감과 고독을 근본적으로 치유할 고향은 되지 못합니다. 오히려 고독한 현대인이 형이상학적인 주의(主義)와 과학기술주의를 고향화할수록 그 절대화된 타향적인 모든 것은 우리를 편안하고 아늑하게 치유하는 유토피아가 되지 못하며, 우리를 구속하는 하나의 이데올로기로 작동할 뿐입니다.

우리가 '창비시선 300번 기념시선집'의 주제를 '사람'으로 정한 것은 이러한 이유 때문이었습니다. 창비시선 200번을 기념하는 시선집 『불은 언제나 되살아난다』가 2000년에 나왔으니 그뒤로 백여권의 시집이 나오기까지는 거의 10년의 시간이 걸린 셈입니다. 이 기간은 우리 시가 21세기의 첫출발을 개막한 시기이며 새롭게 부상한 젊은 시인들의 시적 미학이 시단의 새로운 쟁점으로 부각해온 시기입니다. '시적인 것' 혹은 '시학'이라는 것이 고정불변의 실체가 아니라는 관점에서 출발한 이들의 시는 '미래파' '다른 서정' '아방가르드' 등으로 불리며 패러디, 알레고리를 비롯한 환상(판타지)의 도입과 그로테스크 기법 등을 통해 서정시의 영역을 어느 시대보다 폭발적으로 확장했습니다. 반면 이들의 시가 우리 시대의 현실을 담아내지 못하며 형식미학의 한계에 갇혀 있다는 지적도 있어왔습니다. 현실과 경험이 바탕이 되지 못한 상상력은 공허한

153

말놀이로 흐를 우려가 있다는 것이지요. 새로운 시적 미학이나 상상적 세계가 추상성에서 벗어나 구체적인 생명활동이 되려면 현실에 대한 절실한 고민과 자의식이 수반되어야 할 테니까요. 그러나 이 자리에서 2천년대 시에 대해서 논하자는 것은 아닙니다. 각 세대는 그 세대에 맞는 새로운 시적 영역을 확장하게 마련이며, 그 새로운 물길에 의해 일방향이 아닌 다양한 방향을 지향하면서 우리 시는 더 넓어지고 풍요로워질 테니까요.

우리가 창비시선 300번을 맞아 '사람'을 주제로 선택한 것은 시가 대화여야 한다는 소박한 생각에서 출발한 것입니다. 인간은 태어난 이래로 타인과 교류하면서 생성된 또다른 자아와 영향을 주고받으면서 공동체를 이루고 그 속에서 자신만의 고유한 주체를 만들어나갑니다. "시인의 기능은 시적 상태를 경험하는 것이 아니라 타인 속에 그것을 만들어주는 것이다"(발레리)라거나 "시는 리듬이며 리듬은 그 자체로 대화다"(옥따비오 빠스)라고 할 때의 시적 경지가 그러합니다. 즉 하나의 개성이 아니라 다양한 개성 속에서 우리들이 만지고 보는 사물과 만나는 인간들이 다른 깊이를 가지고 있음을 느끼는 것, 그렇게 생성된 리듬이 시적 대화의 출발입니다.

시는 예술을 위한 예술이 되기보다는 세상 사람들과 함께 웃고 울어야 합니다. 시인은 스스로가 창조한 백합다발에 탐닉한 결과 시인이 시인을 위해 시를 쓰는 우를 범하지 않아야 하고, 로르까처럼 백합을 찾고 있는 사람들을 돕기 위해 진흙탕 속으로 걸어들어가야 합니다. 로르까는 시적 창조를 해독할 수 없는 신비라고 말합니다. 그것은 사람이 태어나는 것과 마찬가지입니다. 말하자면 어디서 오는지 모를 소리를 듣는 것입니다. 그 소리가 어디서 오는지 숙고하는 건 그의 말대로 쓸데없는 일입니다. 또한 시인은 날개 달린 음악, 웃음, 그리고 말로 표현할 수 없는 영원한 맥주가 있는 엄청난 까페를 갖고 있지 못합니다. 그런데 그는 자신있게 말합니다. "그러나 걱정 말아라, 갖게 될 테니." 로르까의 이 반어(反語)야말로 시적 대화를 지향하는 핵심을 찌른 것이라고 생각합니다. 우리로 하여금 잃어버린 고향과 사람을 되찾기 위한 시적 고투를 얼마나 아름답게 보여주고 있습니까.

*

조선 후기 신유한(申維翰)은 최성대(崔成大)의 산유화 시를 보고 너무 기뻐 일어나 춤을 추고 친구를 맺었다고 합니다. 그는 친구의 시가 '물 위로 살며시 솟아나온 연꽃 봉오리가 깊은 골짜기에서 은은히 향기를 풍기는 천궁과 같으니 천하의 일품이다'라고 했답니다. 오늘날 시에 대한 감응은 인쇄된 책에서 시를 읽고 이해하려는 수준에서 멈추고 맙니다. 언제부턴가 시는 독자와의 연결을 잃어가고 독자에게 가닿지 못하고 있습니다. 시인은 어느 면에서 가까이 있는 독자보다 자신이 한번도 가보지 못한, 멀리 떨어진 미지의 독자를 상상하고 그의 가슴속에 떨어진 나뭇잎처럼 자신의 시가 발견되기를 원하는 것 같습니다. 예의 조선 선비들처럼 시 한줄의 강력한 이끌림으로 연결된 독자를 말이지요.

인사동에 가면 오랜 친구가 있더라

얼마 만인가

성만 불러도

이름만 불러도 반갑더라

무슨 잔치같이 날마다 차일을 치겠는가

무슨 잔치같이

팔목에

으리으리한 팔찌 끼고 오겠는가

빈손이

오로지 빈손을 잡고

그냥 좋기만 하더라　　　　　　　　　──고은 「인사동」 부분

　그러나 고향을 잃고 험한 세상에 피멍 들며 살아온 사람들이 만
나는 성스러운 장소가 우리 주변에서 완전히 사라진 것은 아닙니
다. 그것은 시에서도 그렇고 사람 사는 세상에서도 그렇습니다. 여
전히 우리 시대에는 서로의 시가 그리워 전화로 시를 불러주고 들
어주는 시인들이 있으니까요.

　지면에 발표하기 전에 서로의 마음에 가닿는 한줄의 시를 위해
밤을 새는 시인들에게 어쩌면 전화는 폐쇄된 자아들이 내지르는
소통불능시대의 소음이 아니라 별이 빛나는 창공으로 이어진 눈물
겨운 친화(親和)를 향하는, 열려 있는 영혼의 발신처가 아니겠습니
까. 사람 사는 세상도 마찬가지입니다. 조금은 잘못 살아온 사람끼

리, 누구는 내달리기만 하고 또다른 누구는 풀잎 하나에도 무정한 팍팍한 삶을 살았지만, "걸어온 길 돌아다보면 그 길이 실은 수많은 사람들의 어깨와 등과 머리였음을"(정우영 「우리가 밟고 가는 모든 길들은」) 깨닫는 순간이 있고, "그래도 딱 한잔만 더, 하고 검지를 세워 흔들며 포장마차로 소매를 서로 끄는" "오마넌은/더 있어야 쓰겠는 밤"(김사인 「봄밤」)이 있습니다. 사는 일이 매번 "무슨 잔치같이 날마다 차일을" 칠 수도 없고, 또한 "무슨 잔치같이/팔목에 으리으리한 팔찌를 끼고" 다닐 수는 없지만 "성만 불러도/이름만 불러도/반가운 친구"가 있는 장소가 아직 있습니다. 대도시라는 타향에서 고향의 이미지를 간직하고 있는 이런 장소가 성스러운 것은 오래된 친구가 있어서만이 아니라, "추운 날 하얀 입김 서러워/모르는 얼굴들/어느새 정다운 얼굴"이 되게 하는 "빈손이/오로지 빈손을 잡고/그냥 좋기만" 한 고향의 표정이 있기 때문일 것입니다.

그런데 그 고향의 표정은 사람에게만 발견되는 것이 아닙니다. 대도시에서 소외되어가는 사람들처럼 인간과의 관계를 상실한 짐승과 사물 들에서 시인들은 새로운 소통의 길을 모색합니다. 창비시선 300번을 기념하는 이번 앤솔로지에서 시인들은 동물되기나 사물되기의 '다시 태어나기'를 통해서 세상과 대화를 시도합니다.

누군가 있어 다시 세상에 나가란다면
낙타가 되어 가겠다 대답하리라.
별과 달과 해와

모래만 보고 살다가,
돌아올 때는 세상에서 가장
어리석은 사람 하나 등에 업고 오겠노라고.
무슨 재미로 세상을 살았는지도 모르는
가장 가엾은 사람 하나 골라
길동무 되어서.   ─신경림 「낙타」 부분

모르는 어느 나라 도시 한쪽에서
다른 맹인안내견과
같이
주인을 데리고 가든가
저렇게 지쳐 바닥에 엎드려 있다면
난 후회가 없으리

그래서 어느날은 전철이
나와 주인을
쉬면서 가라고
이렇게 실어다주기도 할 것이다
                    ─고형렬 「맹인안내견과 함께」 부분

나중에 다시 태어나면
나 자전거가 되리

한평생 왼쪽과 오른쪽 어느 한쪽으로 기우뚱거리지 않고
말랑말랑한 맨발로 땅을 만져보리
구부러진 길은 반듯하게 펴고, 반듯한 길은 구부리기도 하면서
이 세상의 모든 모퉁이, 움푹 파인 구덩이, 모난 돌멩이들
내 두 바퀴에 감아 기억하리

               —안도현 「나중에 다시 태어나면」 부분

  현대시에서 동물은 인간 세계의 타락과 부조리를 의미하는 경우
가 많습니다. 고양이와 뱀은 대표적인 악마적 이미지로 인간이 동
물로 전락한다는 의미가 무의식적으로 표출된 것이라고 할 수 있습
니다. 그러나 이 시들은 경우가 다릅니다. 시인들은 동물로의 태어
나기를 통해서 이성에 의해 죽어가는 삶을 회복하여 새로운 생명
을 이 세상에 부여하고자 합니다. 그렇다고 해서 동물이 가진 넘치
는 생명력을 무조건 긍정하고 반대로 사람의 이기심을 질타하는 것
은 아닙니다. 짐승들 역시 사람들처럼 지쳐 있기는 마찬가지입니
다. 팍팍한 사막을 건너온 '낙타'가 신경림 시의 주인공이며, 고형
렬의 시에는 지쳐 바닥에 엎드려 있는 맹인안내견이 나옵니다. 두
시에서 동물은 그들의 주인처럼 슬픔과 아픔을 간직한 존재들입니
다. 두 시인은 그러한 자신들을 위해 희생한 동물로 다시 세상에
나와서 반대로 그들을 위해 기꺼이 살겠다는 것입니다. 그래서 "돌
아올 때는 세상에서 가장/어리석은 사람 하나 등에 업고 오겠노
라"는 다짐이나 "전철이/나와 주인을/쉬면서 가라고/이렇게 실어

다주기도 할 것"이라는 것은 단순한 비유로 들리지 않습니다. 동물과 인간이 다시 힘겨운 세상살이를 마다하지 않고 서로의 처지를 뒤바꿔 산다는 것, 그것은 시적 비유로서의 단순한 경험적 차원에 그치는 것이 아니라 체험 자체가 되는 경이를 보여줍니다. 그래서 이들 시에서 '희생당한 자'와 '희생을 강요하는 자' 사이의 이원론적 대립을 찾는 것은 쓸데없어집니다. 동물과 인간이 서로 온몸으로 밀고 나가는 합일된 경험을 공유하며 눈물 머금은 채 서로를 바라보는 시적 체험의 깊이에 우리는 무한한 감동을 느끼게 됩니다. 마찬가지로 안도현의 시에서도 '자전거'가 말하고자 하는 바가 이 두 시와 크게 다르지 않다는 점을 우리는 확인할 수 있습니다. 시인은 자진해서 자전거라는 사물로 다시 태어남으로써 자신의 삶에 영향을 준 직간접적인 경험을 다시 살아보면서 지식의 획득과 구별되는 좀더 높은 차원의 진정한 시적 체험에 도달하고 있습니다.

*

창비시선 300번 기념시선집을 엮으면서 선자(選者)들은 참 행복하고 감동적인 시간을 보냈습니다. 200번 기념시집 이후에 201번부터 299번까지 시집을 펴낸 여든여섯 분 시인들의 열정적이고 따스한 숨결을 따라가다가 문득 벅차오르기도 했습니다. 시인들의 사람과 삶에 대한 애정어린 시선을 최대한 섬세하게 읽어내려 노력했으나 미처 짚어내지 못한 부분이 있다면 다 선자의 취향과 부족한 안목 탓으로 여겨주시기 바랍니다.

다시 한번 말하지만 우리는 이 기념시선집에서 2천년대의 시적 지향 속에서 창비시선의 위치를 가늠하기보다는 우리 시대의 사람의 모습과 삶을 통해 인간이 교환가치에서 벗어나 새로이 태어날 수 있는 지점을 보고자 했습니다.

"이형, 요즈음 내가 한달에 얼마로 사는지 알아? 삼만원이야, 삼만 원…… 동생들이 도와주겠다고 하는데 모두 거절했어. 내가 얼마나 힘든지 알어?" 고향친구랍시고 겨우 내 손을 잡고 통곡하는 그를 달래 느라 나는 그날 치른 학생들의 기말고사 시험지를 몽땅 잃어버렸다. 그리고 그날밤 홀로 돌아오면서 생각했다. 그가 얼마나 하기 힘든 얘 기를 내게 했는지를. 그러자 그만 내 가슴도 마구 미어지기 시작했다. 나는 속으로 가만히 생각했다. 『혼불』은 말하자면 그 하기 힘든 얘기 의 긴 부분일 것이라고.　　　──이시영 「최명희 씨를 생각함」 부분

이 시선집에서 우리는 가난하게 살면서도 어려운 시대를 꿋꿋하 게 통과해가는 사람들의 "하기 힘든 얘기의 긴 부분"이 곧 삶이며, 거기에 우리가 돌아가야 할 잃어버린 고향이 새겨져 있음을 보게 됩니다.

가스똥 바슐라르는 삶의 행복을 "건축물로서의 집이 아니라 거 처로서의 집"(『공간의 시학』)에서 찾을 때 비로소 행복해진다고 말합 니다. 그렇기 때문에 새로운 장롱을 들여놓기보다는 낡은 장롱을 매일 정성스럽게 닦으라고 권하지요. 집주인에 의해 아낌없이 사

랑받는 물건들은 가족 구성원의 추억이 어려 있기 때문에 아주 오래된 과거들조차 새로운 날로 이어주는 유대를 선사한다는 것입니다. 우리가 물건이 지닌 인간적 품위에 사랑의 눈길을 보낼 때 잠들어 있는 가구들은 깨어나, 그 집 전체가 정성으로 빛나는 집이 됩니다. 바슐라르 식으로 말하자면, 매일 아침 집안의 모든 물건들이 우리들의 손으로 다시 만들어지고, 우리들의 손에서 탄생되어 나올 수 있다면 우리의 삶은 위대해진다고 할 수 있습니다.

새로운 세기에 사람과 사람이 만나는 방식도 우리는 이러해야 한다고 믿습니다. 그러나 또한 사람으로 살기가 얼마나 어려운지도 새삼 되물어야 합니다. 낙관과 비관의 이율배반 속에서도 우리는 먼 길을 돌아 집으로 귀향할 수 있는 길트기와 대화를 시도할 수 있습니다. 그래서 우리는 다음과 같은 시에 오래 머물고 귀를 기울여야 합니다.

세상에서 가장 큰 즐거움은 사람으로 태어나는 것이라고 누가 말했었지요
그래서 나는 사람으로 살기로 했지요 (…)
사람으로 산다는 것은 사람같이 산다는 것과 달랐지요
사람으로 살수록 삶은 더 붐볐지요
오늘도 나는 사람 속에서 아우성치지요
사람같이 살고 싶어, 살아가고 싶어
―천양희 「물에게 길을 묻다 3」 부분

162

| 작품출전 |

김수영 • 「해금을 켜는 늙은 악사」, 『오랜 밤 이야기』, 2000. 12
(창비시선 201)

정철훈 • 「저물녘 논두렁」, 『살고 싶은 아침』, 2000. 12(창비시선 202)

허수경 • 「모르고 모르고」, 『내 영혼은 오래되었으나』, 2001. 2
(창비시선 203)

장석남 • 「수묵(水墨) 정원 1」, 『왼쪽 가슴 아래께에 온 통증』, 2001. 2
(창비시선 204)

나희덕 • 「너무 늦게 그에게 놀러 간다」, 『어두워진다는 것』, 2001. 4
(창비시선 205)

이중기 • 「참 환한 세상」, 『밥상 위의 안부』, 2001. 4(창비시선 206)

정희성 • 「술꾼」, 『시(詩)를 찾아서』, 2001. 6(창비시선 207)

고운기 • 「익숙해진다는 것」, 『나는 이 거리의 문법을 모른다』, 2001. 7
(창비시선 208)

박영희 • 「아이러니」, 『팽이는 서고 싶다』, 2001. 7(창비시선 209)

최정례 • 「3분 동안」, 『붉은 밭』, 2001. 10(창비시선 210)

이면우 • 「저녁길」, 『아무도 울지 않는 밤은 없다』, 2001. 10(창비시선 211)

고형렬 • 「맹인안내견과 함께」, 『김포 운호가든집에서』, 2001. 11
(창비시선 212)

고 은 • 「인사동」, 『두고 온 시』, 2002. 1(창비시선 213)

김용택 • 「맨발」, 『나무』, 2002. 2(창비시선 214)

이은봉 • 「씨 뿌리는 사람」, 『내 몸에는 달이 살고 있다』, 2002. 3
　　　　(창비시선 215)

박형준 • 「저곳」, 『물속까지 잎사귀가 피어 있다』, 2002. 4(창비시선 216)

강신애 • 「대칭이 나를 안심시킨다」, 『서랍이 있는 두 겹의 방』, 2002. 5
　　　　(창비시선 217)

박성우 • 「굴비」, 『거미』, 2002. 9(창비시선 219)

강형철 • 「겨우 존재하는 것들 3」, 『도선장 불빛 아래 서 있다』, 2002. 10
　　　　(창비시선 220)

박영근 • 「어머니」, 『저 꽃이 불편하다』, 2002. 11(창비시선 221)

손택수 • 「방어진 해녀」, 『호랑이 발자국』, 2003. 1(창비시선 222)

임영조 • 「성선설」, 『시인의 모자』, 2003. 2(창비시선 223)

하종오 • 「오줌」, 『무언가 찾아올 적엔』, 2003. 4(창비시선 224)

최영철 • 「성탄전야」, 『그림자 호수』, 2003. 8(창비시선 225)

이영광 • 「동해」, 『직선 위에서 떨다』, 2003. 8(창비시선 226)

이선영 • 「사랑, 그것」, 『일찍 늙으매 꽃꿈』, 2003. 9(창비시선 227)

김선우 • 「나생이」, 『도화 아래 잠들다』, 2003. 10(창비시선 229)

이시영 • 「최명희 씨를 생각함」, 『은빛 호각』, 2003. 11(창비시선 230)

장대송 • 「벙어리 할배」, 『섬들이 놀다』, 2003. 12(창비시선 231)

박규리 • 「산그늘」, 『이 환장할 봄날에』, 2004. 2(창비시선 232)

윤재철 • 「홍대 앞 풍경」, 『세상에 새로 온 꽃』, 2004. 3(창비시선 233)

김영산 • 「벽화 2」, 『벽화』, 2004. 4(창비시선 234)

최창균 • 「자작나무 여자」, 『백년 자작나무숲에 살자』, 2004. 7
　　　　(창비시선 236)

김태정 • 「낯선 동행」, 『물푸레나무를 생각하는 저녁』, 2004. 7
　　　　 (창비시선 237)

문태준 • 「맨발」, 『맨발』, 2004. 8(창비시선 238)

안도현 • 「나중에 다시 태어나면」, 『너에게 가려고 강을 만들었다』,
　　　　 2004. 9(창비시선 239)

유안진 • 「비 가는 소리」, 『다보탑을 줍다』, 2004. 10(창비시선 240)

이상국 • 「시로 밥을 먹다」, 『어느 농사꾼의 별에서』, 2005. 1
　　　　 (창비시선 241)

신대철 • 「눈 오는 길」, 『누구인지 몰라도 그대를 사랑한다』, 2005. 2
　　　　 (창비시선 242)

류인서 • 「몸」, 『그는 늘 왼쪽에 앉는다』, 2005. 3(창비시선 243)

최　민 • 「그리고 꿈에」, 『어느날 꿈에』, 2005. 4(창비시선 244)

천양희 • 「물에게 길을 묻다 3」, 『너무 많은 입』, 2005. 5(창비시선 245)

조정권 • 「국도」, 『떠도는 몸들』, 2005. 5(창비시선 246)

이기인 • 「알쏭달쏭 소녀백과사전: 봄비」, 『알쏭달쏭 소녀백과사전』,
　　　　 2005. 6(창비시선 248)

박　철 • 「늪, 목포에서」, 『험준한 사랑』, 2005. 6(창비시선 249)

노향림 • 「그리운 서귀포 1」, 『해에게선 깨진 종소리가 난다』, 2005. 7
　　　　 (창비시선 250)

이문숙 • 「슬리퍼」, 『천둥을 쪼개고 씨앗을 심다』, 2005. 7(창비시선 251)

맹문재 • 「안부」, 『책이 무거운 이유』, 2005. 8(창비시선 252)

문성해 • 「미역국 끓는 소리」, 『자라』, 2005. 8(창비시선 253)

권혁웅 • 「독수리 오형제」, 『마징가 계보학』, 2005. 9(창비시선 254)

박경원 • 「나무, 또는 나의 동반자인」, 『아직은 나도 모른다』, 2005. 9

(창비시선 255)

박남준 • 「적막」, 『적막』, 2005. 12(창비시선 256)

정우영 • 「우리 밟고 가는 모든 길들은」, 『집이 떠나갔다』, 2005. 12
(창비시선 257)

이승희 • 「패랭이꽃」, 『저녁을 굶은 달을 본 적이 있다』, 2006. 1
(창비시선 258)

강은교 • 「차표 한 장」, 『초록 거미의 사랑』, 2006. 2(창비시선 259)

윤성학 • 「내외」, 『당랑권 전성시대』, 2006. 4(창비시선 261)

김사인 • 「봄밤」, 『가만히 좋아하는』, 2006. 4(창비시선 262)

전성호 • 「서창, 해장국집」, 『캄캄한 날개를 위하여』, 2006. 5
(창비시선 263)

김승희 • 「신이 감춰둔 사랑」, 『냄비는 둥둥』, 2006. 7(창비시선 265)

정   영 • 「떠간다」, 『평일의 고해』, 2006. 9(창비시선 266)

조말선 • 「당신의 창문」, 『둥근 발작』, 2006. 9(창비시선 267)

유홍준 • 「나는, 웃는다」, 『나는, 웃는다』, 2006. 10(창비시선 268)

최영숙 • 「비망록 2」, 『모든 여자의 이름은』, 2006. 10(창비시선 269)

이병률 • 「아무것도 그 무엇으로도」, 『바람의 사생활』, 2006. 11
(창비시선 270)

박연준 • 「연애편지」, 『속눈썹이 지르는 비명』, 2007. 1(창비시선 271)

엄원태 • 「저녁」, 『물방울 무덤』, 2007. 2(창비시선 272)

최종천 • 「화곡역 청소부의 한달 월급에 대하여」, 『나의 밥그릇이 빛난
다』, 2007. 2(창비시선 273)

김중일 • 「깨지지 않는 어항」, 『국경꽃집』, 2007. 4(창비시선 275)

신용목 • 「스타킹」, 『바람의 백만번째 어금니』, 2007. 8(창비시선 278)

정호승 • 「포옹」, 『포옹』, 2007. 9(창비시선 279)

최금진 • 「조용한 가족」, 『새들의 역사』, 2007. 10(창비시선 280)

황규관 • 「어머니의 성모상」, 『패배는 나의 힘』, 2007. 12(창비시선 281)

이재무 • 「국수」, 『저녁 6시』, 2007. 12(창비시선 282)

신경림 • 「낙타」, 『낙타』, 2008. 2(창비시선 284)

이진명 • 「눈물 머금은 신이 우리를 바라보신다」, 『세워진 사람』, 2008. 3
　　　　(창비시선 285)

문인수 • 「이것이 날개다」, 『배꼽』, 2008. 4(창비시선 286)

차창룡 • 「고시원은 괜찮아요」, 『고시원은 괜찮아요』, 2008. 4(창비시선 287)

김성규 • 「독산동 반지하동굴 유적지」, 『너는 잘못 날아왔다』, 2008. 5
　　　　(창비시선 288)

장철문 • 「소주를 먹다」, 『무릎 위의 자작나무』, 2008. 7(창비시선 290)

김　근 • 「물 안의 여자」, 『구름극장에서 만나요』, 2008. 9(창비시선 293)

백무산 • 「가방 하나」, 『거대한 일상』, 2008. 10(창비시선 294)

정끝별 • 「황금빛 키스」, 『와락』, 2008. 11(창비시선 295)

김경미 • 「야채사」, 『고통을 달래는 순서』, 2008. 12(창비시선 296)

고영민 • 「싸이프러스 사이로 난 눈길을 따라」, 『공손한 손』, 2009. 1
　　　　(창비시선 297)

김기택 • 「옛날 사진 속에서 웃고 있는」, 『껌』, 2009. 2(창비시선 298)

김선태 • 「조금새끼」, 『살구꽃이 돌아왔다』, 2009. 3(창비시선 299)

창비시선 300

걸었던 자리마다 별이 빛나다

초판 1쇄 발행 / 2009년 4월 27일
초판 11쇄 발행 / 2023년 11월 22일

엮은이 / 박형준 이장욱
펴낸이 / 염종선
책임편집 / 박신규
펴낸곳 / (주)창비
등록 / 1986년 8월 5일 제85호
주소 / 10881 경기도 파주시 회동길 184
전화 / 031-955-3333
팩시밀리 / 영업 031-955-3399 편집 031-955-3400
홈페이지 / www.changbi.com
전자우편 / lit@changbi.com

ISBN 978-89-364-2300-1 03810